京戲啟示錄

李國修

京戲啟示錄　目錄

序

京戲啟示錄

附錄

序

創意達人李國修的創造力歷程

吳靜吉
政大創造力講座主持人／名譽教授

李國修劇作集系列套書終於在引頸期盼下出版了。

累積二十六年創作及其演出的作品，在整個世界尤其是華人社會特別重視創意、創新和創業精神的創造力之今天，意義非凡。每一部作品都是從創意的發想啟動然後創新實踐地完成劇本寫作，而每一齣戲的製作演出都是創新的冒險，必需經過觀眾、票房和劇評家的重重考驗。在一個多數決策者、社會菁英和一般民眾，並沒有把觀賞舞台劇表演當作文化認同的養份之台灣，考驗更難、冒險更大。

李國修構思屏風表演班創團經營二十六年至今，我們可以從他作品中感同身受他創業的酸甜苦辣，所以他說：「一個戲班子在舞台上搬演一齣戲，戲裡戲外都在反映戲台下的人生即景。我喜歡在舞台上藉一個戲班子的故事影射台灣這個社會；我偏好『戲中戲』的題材，因為我始終認為舞台上戲班子的人情世故就是這個時代的縮影。」

李國修是一個創意無限、執行力強的劇作家，每一個劇本的演出，他同時扮演導演和劇團領導人等等的多重角色，和歐、美、日、中、韓不必扮演多重角色的劇作家不同，他卻能在二十六年內完成二十七部劇作而且部部呈現在觀眾眼前。這樣的創作流暢力真的是奇蹟，他每一部作品都是獨創而有意義的創意構思，以《京戲啟示錄》為例，他可以流暢地創意組合「一位堅持做手工戲靴的父親。一個亂世中企圖重振頹勢的戲班子。一段探索父子、傳承、戲劇與人生，令人神往的故事。」這麼多複雜元素的創意組合，他卻成功地將故事敘說得合情合理，令觀眾感同身受而流淚、回憶反思而讚嘆。

李國修的作品都能夠重新詮釋自己成長記憶中的生命故事，選擇性地反映社會樣貌，他的自我反思、對社會的關懷、對戲劇的激情、理性和感性兼具的創作表現、對複雜元素的抽絲剝繭再統整發展的素養、舉一反三的學習能力、落實的想像力、忍得住創作的寂寞又能堅持原則、抗拒外在誘惑的毅力樣樣難能可貴，這樣的李國修就是研究創造力的學者專家所描述的創意人。

他戲劇的另外一個特色就是悲喜交集的故事發展，他的幽默和笑點的掌握、文字的運用、人物的刻劃和劇情的結構，我們也可以因此稱他為說故事的奇葩。

他的創作歷程體現了王國維在《人間詞話》中所謂古今之成大事業、大學問者，必經過三種之境界。

「昨夜西風凋碧樹。獨上高樓，望盡天涯路。」

「衣帶漸寬終不悔，為伊消得人憔悴。」

「眾裡尋他千百度，回頭驀見，那人正在燈火闌珊處。」

台灣戲劇的發展，急需更多的好劇本，只當劇作家很難生存，集編導於一身加上領導一個戲劇團體又能在二十六年中創造二十七部好劇本實在難上加難，但李國修做到了。希望這二十七部的劇作集能夠讓華語的戲劇界增添演出選擇的機會和戲劇教育中學習探究的教材。

經典堆疊起一座如高牆的屏風

廖瑞銘
中山醫學大學台灣語文學系教授兼通識中心主任

「國修要出劇本全集了！」這是台灣現代劇場的盛事，也是文學史上的大事。二十六年來，屏風表演班每年發表一至二齣新作，建立「以戲養戲」的營運模式，2005年以後，更以舊作做經典定目劇場的演出，為台灣現代劇場史創下許多傳奇的記錄——單一劇團演出總場次之多，累積觀眾人次之多，劇作重演次數之多，最重要的是集編導演於一身的單一劇作家創作量之多——這些記錄使屏風／李國修成為台灣劇場活動中的佼佼者。

李國修劇作從初期的小劇場實驗劇、小說改編的劇作發展到大劇場寫實劇，作品的題材、形式及風格都有不斷地突破與創新。總的來說，國修的劇作有以下幾項成就，這些成就堆疊起來一座如高牆的屏風，格局壯麗雄偉，戲劇風格辨識度極高，讓後來者很難超越，更無從模仿。

一、與時代同步發展，與觀眾沉浸在共同的歷史情境，關懷國族與土地。

李國修堅持原創實驗、本土庶民的創作精神，每一齣作品都是台灣現代人民生命歷史的記錄。早期「備忘錄系列」——《民國76備忘錄》、《民國78備忘錄》以年度時事做素材，「三人行不行系列」——《三人行不行I》、《三人行不行II—城市之慌》、《三人行不行Ⅲ—OH！三岔口》、《三人行不行IV—長期玩命》、《三人行不行V—空城狀態》等，是從時事及城市現象觀察出發，講當代台灣人的政治、社會態度。《我妹妹》講眷村故事、《蟬》講六〇年代台北文藝青年、《女兒紅》及《京戲啟示錄》講經歷1949年國共變局的家族故事、《六義幫》回憶六〇年代中華商場的兒時情境、《西出陽關》講老兵的故事，《救國株式會社》諷刺台北的治安、媒體，《太平天國》講台灣人在世紀末的恐慌與焦慮。

二、創造戲劇角色典型，精確掌握人性。

李國修在每一齣戲都創造各式各樣的角色典型，藉著這些典型來鋪排人世間的親情、愛情與人情義理。這些典型的角色也都是你我生活週遭常見人物的寫照，像《三人行不行Ⅲ—OH！三岔口》的郭父，是常見的台灣歐吉桑，講求實際利益、又有情有義；他的女婿Peter就是十足投機的年輕商人。《西出陽關》的老齊是戰後到台灣的老兵典型。《徵婚啟事》講到更多台灣寂寞男人的典型。創造這些角色典型，顯示國修對於人性掌握的精確、細微。

三、精巧建構「李氏戲劇結構學」，穿越時空。

李國修在每一齣劇本都附上獨特的場次、角色結構表，這可以說是他的獨門絕學——「李氏戲劇結構學」。這種精巧建構的「劇場結構」成就了李國修劇作的劇場形式不斷地實驗與創新，戲劇情節可以在不同的時空靈活流動、穿越，增加戲劇張力與敘事多樣性。

四、編導演一體成型的全方位戲劇藝術，劇本有畫面，是一座紙上舞台。

李國修劇作的另一個特色是「編導合一的戲劇創作觀」，他的劇本絕對不會是單純的書齋劇，每一本都具有劇場可演性，而且都是自己擔綱演出過。也因此，國修在劇作中不時表達他對劇場生態的關懷及經營劇團的甘苦經驗。像「風屏劇團系列」多次呈現經營劇團的困境；《徵婚啟事》也是鑲進「某劇團」的排演過程，以增加戲劇張力。

五、走出書齋，與觀眾同喜同悲，超越商業票房意義。

雖然屏風曾經有票房悽慘，甚至出現經營危機的時候，但是，大部份的演出都是有亮麗的票房記錄，說明李國修的劇作所具有的商業魅力。這種魅力更精確的解讀是，李國修每一齣劇作都能夠走出書齋，與觀眾同喜同悲。李國修隨時與觀眾做時代對話，即使是舊作重演，都一定要與時俱進的修改後，才推出演出。

六、多語言的戲劇美學，突顯台灣多元文化的特色。

因為每一齣戲都從實際生活中取材，創造不同的角色典型，李國修堅持讓角色自己說話，所以，在他的劇作中自然出現多語言的對白，有國語、閩南語、客語、山東話、上海話、英語、日語、香港廣東話、新加坡華語……等，不但使得劇中角色鮮活、增加戲劇趣味性，也無意中突顯了台灣多元文化的特色。

七、台灣文學與戲劇的交會，豐富台灣文學史的戲劇區塊。

李國修崛起於八〇年代中期，其戲劇作品一定程度反映了台灣的土地與人民，延展出的多面性與時代意義，不僅提供外省族群在台灣生活的觀察視角，也使作品成為帶有「本土化」色彩的另類歷史文本。尤其是李國修的作品相當程度擺脫了戰後台灣外省人文學常有的哀愁基調，相對展現出不同的意義格外值得我們重視。

將李國修的劇作放進台灣文學領域來觀察，可以為戲劇文學創作開創新的閱讀視野，值得一提的是，李國修曾經從三本不同時代的台灣小說作品——林懷民的《蟬》、陳玉慧的《徵婚啟事》及張大春的《我妹妹》——改編成舞台劇上演，創造了戰後台灣文學與戲劇的交會，同時豐富了台灣文學史的戲劇區塊。

李國修的作品曾經以戲劇文學的身份被放入台灣文學的領域來討論，並獲得肯定，在1997年以《三人行不行》系列作品獲頒第三屆巫永福文學獎，也因此使戲劇文學連帶受到重視，提昇了地位。如今，李國修出版劇作全集，充分展現了他在戲劇創作的質與量的驚人成就，可以當做台灣現代劇場運動的實踐成果，看到他在台灣劇場史的地位，也驚艷台灣戲劇文學的經典呈現。

手心會冒汗

李國修

自序

從來沒有人教我如何寫劇本

1986年10月6日，屏風表演班創建。

創團作品——《1812與某種演出》一齣肢體語言實驗劇，在我規劃與引導之下的集體創作。當時的社會環境與氛圍，小劇場創作必須有別於商業劇場，我也依循著前人的模式，自以為是地繼承了實驗劇場的精神。一、脫離一切戲劇形式（不在劇場裡說故事）。二、表達新的戲劇方法（簡約、抽象、或寫意的語言、肢體與主題）。三、過程大於結果（支離破碎的思想、浮光掠影的想像、漫無邊際的形式）。四、只要盡興（創作者自我滿足與集體自我陶醉）。

在實驗的大旗下，《1812與某種演出》首演五個場次，約五百人次觀賞，我確定沒有一個人看懂這齣戲。事實上它不是一齣戲，它由兩個部份組成。《1812》用柴可夫斯基〈1812序曲〉為背景音樂，以集體肢體演繹在城市裡有著一股壓抑著現代人生存的隱形暴力，讓人喘不過氣。《某種演出》採擷了三個歷史殘篇——〈三娘教子〉、〈十八相送〉、〈十二金牌〉在同一時空壓縮並陳，旨在陳述城市中處處充滿不安的危機、殺機與轉機。

我必須承認，我有包袱，一開始我以為做劇場就該承接前人的使命——劇場是嚴肅的、劇場是深沉的、劇場是探索思想的殿堂、劇場是不能提供娛樂的殿堂、劇場是與觀眾鬥智的場域、劇場是不能做讓觀眾看得懂戲的場域、劇場是批判政治亂象的最後一塊淨土……於是，那個年代小劇場的作品內容多半都是嚴肅、沉悶、闡述思想、批判政治、嘲諷時事。有些作品內容甚至已經漫無主題，不知所云。是的，我也承接了這樣的包袱。

創團作品首演之後，我必須承認我很沮喪。我問自己，為什麼要在劇場做戲？為什麼要在劇場做一齣讓觀眾看不懂的戲？看著觀眾搖頭嘆息地走出劇場，我的心情是低落的、不安的、自責的……

我有勇氣寫劇本

在那個年代，我找不到一個劇本書寫格式的範例，也找不到關於編劇技巧的工具書，我只能硬著頭皮鼓足勇氣，走進書房攤開稿紙，寫了屏風第二回作品《婚前信行為》。我想像即將新婚的妻子在婚前去找他的前男友，最後一次求歡以結束這段難忘的戀情。不巧，前男友的老友來送喜帖，赫然發現他的新嫁娘也在現場。藉著這個作品，我試著向實驗劇場劃清界線。我要說一個故事，我以為觀眾進劇場，至少他們可以看見一個故事，一個可能與他成長經歷有關的故事。但我承認我還有包袱，我似乎不由自主地在戲裡灌進了一點故作批判社會的主題。在故事中，我刻意讓準新娘在中途脫離劇情，硬逼兩位男主角對社會不公不義現象表態，演出因而暫停，劇情因此而停滯。

三個演員不能解決與本劇無關的社會亂象，最終他們還是回到劇情裡演完了他們的故事。《婚前信行為》發表之後，我依然忐忑不安，我知道，我的故事說的並不完整，劇中的角色並不真實可信。

其實我不擅長說故事

1982年~1984年，我在華視，小燕姐（張小燕）主持的《綜藝100》演短劇，也編劇，1985年，我與顧寶明合作《消遣劇場》綜藝節目，身兼短劇編導演，這樣的背景；是我在屏風創作喜劇的養分，有其優點也有缺點。

優點是，我的喜劇就是很好笑，我有瘋狂的想像力，我有許多荒謬的點子，我喜歡運用各種看似平淡無奇的元素重組成充滿趣味與諧謔的喜劇情境。缺點是，沒有深度，主題薄弱，人物缺少靈魂、思想、慾望甚至目標。屏風第三回作品《三人行不行I》、第五回作品《民國76備忘錄》、第六回作品《西出陽關》、第七回作品《沒有我的戲》、第九回作品《三人行不行II—城市之慌》、第十三回作品《民國78備忘錄》等，在屏風創團的前三年，不難發現都是短劇集結的作品，他們共通點是——每一齣戲都沒有一個完整的故事。坦白說，我還不知道如何組織一個好故事，我還沒有能力說一個超過兩小時的長篇故事，創團前三年我只能發揮編導喜劇的專長，在小劇場裡搬演，也戲稱自己在小劇場裡練功。我練導演功，也練編劇功。在小劇場裡，我的導演調度處理過一面觀眾席，兩面觀眾席，三面觀眾席。在編劇部份，我不斷地探索喜劇的可能性，演員面對角色創造的最大極限。於是在一齣戲裡，一人飾演多角，成為我作品的特色，在編劇技巧的自我修練中，竟也無心插柳地走出自己的風格。

其中，最令我自豪的部份是——堅持原創。我認為選擇一個翻譯劇本演出，是便宜行事，是二手創作。我自信創作的素材就在身邊，就在自己腳踩著的這片土地上。

自由自在的飛

我是摩羯座，我很守法，我很守規則。做任何事之前，我總想知道規則是什麼？遊戲怎麼玩？在遊戲中的危險程度是什麼？遊樂場到底有多大？當我熟悉了整個遊樂場的環境，我玩遍了所有的遊戲，我深入瞭解了規則的原理之後，我成為最不守規則的人。我決定自闢一個遊樂場，建立起自己的規則，我邀請大家進入我的遊樂場展開一場驚奇的旅程。

我破壞了規則，建立自己的規則，在我的作品中，逐漸顯現我人格上這樣的特質。誰規定劇本創作，只能獨立成個體？我硬是創作了《三人行不行》系列，第一～五集；風屏劇團系列，三部曲加李修國外傳《女兒紅》；誰規定在劇場的演出結束後，才能謝幕？我在《莎姆雷特》裡硬是把謝幕放在戲的開始。誰規定鏡框式的舞台就該墨守成規，框架成一個場景情境的場域，我在《六義幫》裡就要去除兩邊的翼幕，讓故事在舞台上任意穿梭。魔羯就是這樣——認識規則，遵守規則，破壞規則，建立自己的規則。目的只有一個字——「飛」！自由自在地飛！

小劇場是大劇場的上游

第十一回作品《半里長城》，是屏風創團兩年半之後，首度登上大劇場的作品。《半里長城》風屏劇團首部曲，這齣戲中戲裡有兩個故事，一是風屏劇團團員的分崩離析、兒女私情；一是呂不韋由商從政的稗官野史。劇本的結構原型部份靈感源自於《沒有我的戲》。兩齣風格、內容、形式完全不相同的作品，都是在演出進行過半之後，竟宣告全劇將正式開演。是的，我在小劇場練功，累積了我躍上大劇場創作的養分，我鍾情於小劇情的無拘無束，我想念在小劇場裡拼鬥的日子。

回憶起童年，記得在小學三年級，某一個週日，我好奇地拆開了一只鬧鐘，我想研究內部的機械構造究竟是什麼樣的零組件，可以讓分針、時針移動，還會響鈴？一個下午將近五個小時。最終，我無法組裝成原樣，桌子上多了一些小齒輪、彈簧片。我知道這只鬧鐘不會再響，第二天上學也足足遲到一個小時。兩個禮拜之後，我再度拆開那只鬧鐘，我不相信它會毀在我的手裡。同樣也是五個小時，少年的我，才知道「皇天不負苦心人」這句話的真諦。鬧鐘復活了，只是響鈴的聲音比從前的音量低了一倍，我深深地憶起當時在組裝時手心不停地冒汗。

完成了《半里長城》裡的《萬里長城》劇本時，我知道我不會讓戲就這麼平鋪直述的演完，我不安分，我不守規則，我在書房裡，想像讓自己回到了小劇場，讓自己回到了童年，我要無拘無束，我要拆鬧鐘，我十分用力地拆解了《萬里長城》的劇本，重新組裝成情境喜劇《半里長城》。我努力地找到了自己編劇的方法，找到了自己說故事的方式，我越來越喜歡把簡單的人事景物情搞成複雜的結構，原來和我童年拆鬧鐘的個性相關。

什麼先行？

我深信一個好的戲劇作品，應該具備四個精神：一、對人心現象的呈現及反省。二、對人性的批判或闡揚。三、對人性的挖掘及程度。四、技巧與形式的講究。

在我面對每一個作品創作前，一定會有一個念頭閃過腦海——什麼先行？也可以說原始靈感來自何方？是感動？是一首歌？一幅畫？一種情境？……我的每一齣戲靈感來源都不盡相同，在創作每一齣戲隨著年歲閱歷的增長，所投入的情感也越加濃郁，從創作中也逐漸梳理出自己的信仰。每齣戲有了靈感之後，會問自己兩個問題：一、為什麼要寫這齣戲？二、這齣戲跟這個時代有什麼關係？這幾年我更聚焦在作品裡呈現生命的故事……

述說生命的故事

1996年屏風十週年推出《京戲啟示錄》是我創作旅程中的轉捩點作品。平心而論，在《京》戲之前我的作品多是純屬虛構，純賴想像力完成的故事，直至四十而不惑的我，才驀然回首我的前半生，尤其在屏風那十年裡，我僅只是透過作品表達我對生活的看法及態度，也可以說那些作品故事鮮少涉及我自身成長經驗。

創立屏風後，我攜家帶眷、拉班走唱了十年，回首故往，泫然淚如雨下。原來，作劇場的那股拼鬥的傻勁，全是源自於我父親對我的影響，我感受到了那股傳承的精神與壓力。我坦然自省，我勇敢面對，懷著虔誠與虛心的態度，我認真地面對了「生命」，我開始意識到了生命的可貴、傳承的意義以及堅持地走自己的路是面對人生唯一的執著！在《京戲》劇本落筆之前，我哭掉了兩盒面紙，我也預知多年以後，我將為母親寫一個故事《女兒紅》。自《京戲啟示錄》以後，我也開始學會在舞台上更深刻地呈現生命的故事。

當我在組合鬧鐘，我相信鬧鐘會讓我修復的時候，我的手心會冒汗；當我落筆寫下讓我悸動不已的劇本時，我的手心也會不斷地冒汗。這些劇本是：《西出陽關》、《京戲啟示錄》、《三人行不行IV—長期玩命》、《我妹妹》、《婚外信行為》、《北極之光》、《女兒紅》、《好色奇男子》、《六義幫》。

2013年，屏風表演班將邁入第二十七年，踏過了四分之一世紀。

感謝印刻協力集結了我二十七個劇本，將之付梓面世。

感謝父母給了我生命，

感謝王月、Sven、妹子和我的家人，

感謝吳靜吉、張小燕、林懷民、陳玉慧、張大春、

廖瑞銘、紀蔚然，

感謝指導、協助我創作的親朋好友，

感謝在我劇本裡出現的每一個人物。

如果你要問我，在這二十七個劇本裡，

你最滿意的作品是那一個？

我的回答，從來沒有改變過——

「我最滿意的作品是 下一個！」

京戲啟示錄

京戲啟示錄

S3父親（ I ）厚底靴
少年修國依從父親的指示，一雙厚底靴至少要刷三次。

編導的話

不只是一個故事的故事

李國修

戲劇與真實生活之間，永遠都存在著一個劃不清界線的模糊地帶。真實生活裡，每個人都扮演著一個以上的多重角色，生活既是如此，戲劇也該是；然而，戲中戲的文本結構最能恣意遊蕩與勾勒出那真假之間的各種輪廓，藉著戲與戲之間的時空進出，戲裡戲外的扮演都是真實，卻也都是虛構。在這真假虛實的流竄間，更能看見故事裡最真的情感與價值。因此「戲中戲」是我鍾情的創作形式之一，而「戲中戲中戲」的敘事結構，在《京戲啟示錄》第一次發生。「風屏劇團」彩排演出《梁家班》，《梁家班》演出《打漁殺家》，除了主要的三層結構外，還演繹了風屏劇團團長李修國回憶父親的「戲外戲」，以及梁家班班主的次子梁連英演出樣板戲《智取威虎山》的「戲後戲」，五個不同的時空，藉由一群不屬於特定時空的檢場人將場景與道具搬動來轉換情境，將時空與時空之間的轉變自然地連結。有時候，空間還在過去，角色卻已經來到現在；就像是人的記憶一樣，曾經的童年往事或青春時的一段美好回憶，得花多久的時間從腦海裡將那畫面翻閱出來？！三秒鐘？一秒鐘？或是更短？！眼前所見的真實，有時會讓你躍入曾經的記憶，而曾經的假象或許會隨著越拉越遠的時間軌道，慢慢刻劃成為你相信的真實；每到下一秒，現在就會成為歷史！隨著舞台上流暢的時空進出，你將會忘了去探究孰真孰假，全然地讓它引你進入時空與時空交疊的情境。

1996年首度發表《京》劇迄2007年已歷經十二年，邁入第三度編導之際，對於文本與舞台美學有了更新的詮釋與創造；在似真亦假的歷史事件、故事情節、人物背景中，隱喻著這個時代正在失去的傳統與人、情、事、故；如今這個世代，還有多少孩子會因為過錯向父母下跪求寬恕？有幾個子女願意追隨著父親擔起傳承家業的使命？又有多少人會遺憾這個時代的進步將漸漸遺忘更多傳統的精神與價值？！

過去兩版的舞台設計聶光炎老師因年事已高，將舞台的設計與修正交由他的兒子聶先聞操刀，我非常樂見這樣的安排也欣然接受新一代的加入。因為這正是《京》劇所要傳遞的中心思想——傳承；經由不斷地溝通與激盪，第三度演出的《京戲啟示錄》在舞台視覺上有了新的突破，一是在樣板戲《智取威虎山》的場景裡呈現大雪紛飛的景象，二則是《打漁殺家》蕭恩父女領著一幫漁民跳入河底追殺惡人的水底世界，雪景與水景的視覺震撼，將在《京戲啟示錄》典藏版中竭力呈現。

2007年《京戲啟示錄》，已不僅是我與父親的那些回憶與故事，而是過去與現在的人共有的許多記憶。故事雖是虛構，幕落之後，你將會發現那封存許久的某一段回憶已被輕輕喚醒，因為《京戲啟示錄》，不只是一個故事的故事。

（載自2007年11月屏風表演班《京戲啟示錄》典藏版演出節目冊）

劇本閱讀說明

《京戲啟示錄》
劇本內容由以下幾個部分組成：

1、關於《京戲啟示錄》之戲中戲中戲結構

《京戲啟示錄》敘述一個叫做風屏劇團的三流劇團，正在彩排《梁家班》的故事，而這個戲班子又在舞台上排練演出《打漁殺家》，故全劇有三層的扮演關係。風屏劇團與梁家班的人事糾紛，以及《打》的故事三者之間互有連結，角色關係互相呼應，戲裡戲外的事件猶如鏡子反射，故角色的名字就是演員名字的顛倒。而「戲中戲」的結構通常也被運用做為「後設劇場」（metadrama）的手法，所謂的「後設劇場」簡單的來說就是「藉由戲劇的形式，來討論戲劇本質」。而《京戲啟示錄》就是典型的後設劇場作品。

2、場次說明

說明各場次的情境、時間、場景、角色。

2.1 情境說明

《京戲啟示錄》敘述李修國帶領著風屏劇團在首演前一天彩排《梁家班》的故事。故事時空在1946年山東青島的梁家班、1950－60年代的中華商場，以及2007年的風屏劇團，三者之間穿插。

例如S1：

> 情境：
>
> 風屏劇團開始彩排《梁家班》之楔子與第一場——漁民。梁家班的故事發生在1946年，秋天。

這就表示風屏劇團正在排練《梁家班》，場景為魯青茶園戲台上，彩排段落為《打漁殺家》。

2.2 角色稱謂

本劇常出現團員排練到一半吵架、或在正式演出中私事公演的情形。為區隔角色狀態，當團員演出《梁》劇時，便以《梁》劇角色名作為其稱謂；當團員跳脫出戲，便以該團員姓名為其稱謂。例如在S1，彩排《打漁殺家》時，場上演員原皆以《梁》劇人物稱之，但當演員葉倫天忘詞，彩排被迫中斷、導演李修國及場上演員七嘴八舌地指責他，眾人便馬上回復為風屏劇團團員姓名。另部分演員亦身兼劇團職務，故會以不同的身份出現在舞台上，而且因為劇團的突發狀況連連，一個演員可能在劇中飾演多個角色。例如，李修國是團長兼導演兼演員(飾演李父、李師傅)。

3、舞台指示

3.1 以△或( )表示。舞台劇場技術性調度之指示，如投影字幕、燈亮／暗、燈光變化、中場休息、佈景升降等。

3.2 劇本中，描述場景空間之舞台左、右側，係以觀眾(或讀者)面對舞台之左、右方向為準。

4、演員戲劇動作與情緒指示

4.1 以△表示。場上演員主要戲劇動作之指示，例如上、下場、撒網、划船、刷戲靴等戲劇動作。

4.2 以( )表示，為演員於台詞進行中所表現的戲劇動作或演員表達角色情緒時的參考建議，例如(憤怒地)、(驚慌地)、(無奈地)。若指示中有「即興」二字，即表示這是因為演員忘詞或場上突發狀況，而臨時編造的台詞。

5、舞台技術

本劇多次使用巨型白紗幕(長16公尺、高10公尺、面積約600

吋）及小投影幕（長5公尺、高3.5公尺、面積約200吋），透過舞台器械操控，皆可自由升降，亦可於其上投影影像與文字。白紗幕設於舞台前緣，如大幕般遮蓋整個舞台鏡框，當舞台上燈光亮起，白紗幕影像將呈現半透明狀態，觀眾可同時看見演員的戲劇動作與平面影像，呈現出疊影的視覺效果。小投影幕設於舞台右側頂部，因應演出需求會下降至離地約3公尺處，進行投影。

6、備註

以上劇本內容之註明與各項指示皆為方便讀者閱讀，若有表演團體或戲劇相關科系欲以《京戲啟示錄》為演出劇本，需經取得演出同意權後，則可視排練情形，調整舞台上的戲劇動作或重新詮釋演員情緒。

版本說明

前言：

李國修劇作集中，共有13齣戲列為定目劇本。所謂「定目劇」的英文是「Repertory Theatre」，原意是指一個劇團的「招牌劇目」，隨時可以供人點戲，然後安排表演。但是在現代的意義上，「定目劇」卻多了一個製作層面的概念。它是指將具備普及性、永恆性、與高度被接受性的經典劇目，製作並進行定點的長期演出，或每隔一段時間，進行週期性的重製演出。然而在台灣，表演藝術團體屬於非營利組織，目前並未發展出類似百老匯「長期定點」的商業劇場規模，但仍會定期推出具有代表性「定目劇」，並進行巡迴展演。而這些「定目劇」不僅代表一個藝術團體的創作精神，也維持了劇團的生存與穩定發展。

每一定目劇作品初次發表演出皆定名為「首演版」，例如：1996年推出《京戲啟示錄》首演版。爾後因重製當時之時間、空間、與社會時事，針對部分劇情、劇場美學等稍作內容的調整，並增列該劇目的版本名稱做為分類。不同版本的故事，在情節與架構上並不會有大篇幅異動，版本主要是用來辨別不同年份之演出記錄，例如：2000年推出《京戲啟示錄》經典版、2007年推出《京戲啟示錄》典藏版。

李國修定目劇作品如下：

《京戲啟示錄》、《女兒紅》、《莎姆雷特》、《半里長城》、《徵婚啟事》、《西出陽關》、《婚外信行為》、《三人行不行I》、《三人行不行Ⅲ—OH！三岔口》、《我妹妹》、《救國株式會社》、《北極之光》、《六義幫》，共計13本。

關於《京戲啟示錄》

《京戲啟示錄》為屏風表演班經典劇本之一，於1996年推出首演版、2000年推出經典版、2007年推出典藏版，2011年推出傳承版。因考量故事結構的嚴謹性與時宜性，故《京戲啟示錄》選定典藏版為出版劇本。

劇情簡介

先後發表《萬里長城》、《莎姆雷特》兩個作品的「風屏劇團」，團長李修國屢敗屢戰，堅持要推出新作《梁家班》。《梁》劇的故事靈感來自李修國那位堅持做手工戲靴的父親，從一個戲靴師傅的角度，看見四〇年代梨園行衰頹的過程。雖然梁家班仍試圖重整旗鼓，改革傳統戲曲的表演形式，但仍因時代變遷，家國動盪不安，這群欲振乏力的戲子伶人無法改變現況，只好各奔東西，梁家班也宣告解散。

李修國經由這個作品來表達對父親的追思，並在戲中扮演自己的父親，透過角色與自我對話，在真實回憶與虛構故事交雜之中，對戲劇與人生有了更深刻的體認。不料，風屏劇團紛至沓來的人事糾葛、舞台上層出不窮的烏龍事件，讓李修國在排練中疲於奔命，心力交瘁。最後，在李修國的真情告白之下，所有團員如夢初醒，決定要在離開劇團之前，完成一個共同的心願——原來，在《梁》劇裡，梁老闆一直想改良京劇，但在劇本裡他沒有實現，他希望在《打漁殺家》裡加上一段戲：一群漁民在河面划船，兩幫人在水裡打鬥的大場面。這個夢幻的場景，竟然就在所有人齊心協力之下，在首演之夜奇蹟似的發生了……

戲中戲簡介

梁家班戲台上的《打漁殺家》

蕭恩本是綠林中人，後來改邪歸正，與其女蕭桂英靠打漁為生。

當地惡霸丁員外勾結縣太爺呂子秋，一再向漁民勒索漁稅。一日，蕭恩的朋友李俊、倪榮來訪，正在把酒敘舊之際，丁員外派小使過府催討漁稅，並口出惡言。李俊、倪榮路見不平回罵一陣，嚇退丁家小使。

丁使回稟員外後，大教頭率眾再度要脅蕭恩，不料蕭恩一身好本事，以寡擊眾，令教頭們落荒而逃。

蕭恩料到丁家必不甘心，便狀告官府，盼正義得以伸張；孰料官商勾結、狼狽為奸，不問是非曲直便將蕭恩責打四十大板，逐出衙門，並命蕭恩連夜過府賠罪。

蕭恩氣憤到了極點，回家命女兒收拾細軟，父女一同來到丁府，以賠罪為表，引誘惡霸至水邊，在眾漁民相助之下殺退丁府眾人，奔赴梁山。

樣板戲[1]《智取威虎山》

國民黨保安五旅第三團，在座山雕的領軍下，以威虎山為據點，在東北地區以神出鬼沒的攻勢與共軍抗戰。

共軍為鞏固東北根據地，指示楊子榮、申德華等人偵察座山雕的行蹤。

楊子榮為取得軍事情報，遂偽裝成獵人，混進威虎山，並博得座山雕之信賴，盜取情報。

共軍獲得楊子榮同志的情報，採內外夾攻的作戰計畫，一舉攻下威虎山。

淺談革命現代京劇

中國現代戲劇發展史上，「樣板戲」是個特別的文化現象。它本身橫跨了政治及藝文兩大範圍，在十年文革中，成為當時十億中國人民主要的娛樂活動之一。

「樣板戲」除了節奏快、絕無冷場之外，還有三項創作特點：

一、根本任務論：「所有被稱為樣板戲的文藝作品，都是要塑造無產階級工農兵形象為其根本任務」。

二、三突出理論：「在所有人物中突出正面人物；在正面人物中突出英雄人物；在英雄人物中突出主要英雄人物」。

---

1 八大樣板戲指的是革命現代京劇《智取威虎山》、《奇襲白虎團》、《沙家濱》、《紅燈記》、《海港》、現代革命舞劇《紅色娘子軍》、《白毛女》、革命交響音樂《沙家濱》。

三、三項造型原則：高、大、全。確立頭號人物「雄偉、高大又全面呈現」。

場次結構表

時空設定			李國修	朱陸豪	楊麗音	樊光耀	黃宇琳	譚艾珍	朱德剛	劉珊珊	葉天倫
情境	場次										
排演中	序	幕啟	李修國							劉佑珊	
	S1	梁家班之楔子 與第一場－漁民		蕭恩			蕭桂英				漁民
			李師傅	次子	二媽	梁老闆	次女		趙掌櫃	次媳	劉隊長
	S2	梁家班第二場－情網	李修國	次子	二媽	梁老闆	次女	趙夫人	趙掌櫃	次媳	檢場
	S3	父親Ⅰ－厚底靴	李修國				黃琳宇				
			李父	劇校老師							
	S4	風屏劇團Ⅰ－假戲真作	李修國	朱豪陸				譚珍艾	朱剛德	劉佑珊	葉倫天
				楊子榮					參謀長		解放軍
	S5	父親Ⅱ－孫婆婆	李師傅				次女				
			李父/ 李修國		孫婆婆		黃琳宇	大姐	大哥		友甲
	S6	梁家班第三場－伶人	李師傅	次子	二媽	梁老闆	次女			次媳	檢場
中場											
排演中	S7	梁家班第四場－慶壽		解放軍			解放軍				解放軍
			李師傅	次子	二媽	梁老闆	次女	趙夫人	趙掌櫃	次媳	檢場
	S8	父親Ⅲ－樣板戲	李修國/ 李父		孫婆婆					劉佑珊	
	S9	梁家班第五場－家當	李師傅	次子	二媽	梁老闆	次女			次媳	
				楊子榮					參謀長		
	S10	風屏劇團Ⅱ－解散公演	李修國	朱豪陸	楊音麗	樊耀光	黃琳宇	譚珍艾	朱剛德	劉佑珊	葉倫天
首演日	S11	打漁殺家	武行丁	蕭恩		丁員外	蕭桂英		漁民	武行戊	漁民/ 大烏龜
	尾	幕落	李修國		孫婆婆	樊耀光				劉佑珊	

演員										
邱逸峰	許栢昂	孫國豪	嚴藝文	王詩淳	黃浩詠	宋智愛	李日煒	林伯羽	張悅珊	蘇德揚
角色										
漁民	漁民	漁民	漁民	漁民	漁民	漁民	漁民	漁民	漁民	漁民
隊員甲	徒弟	葉師傅		長女	隊員乙		檢場人			
包頭	徒弟	葉師傅	三媽	長女	參子	參媳	檢場人	檢場人	檢場人	檢場人
少年修國							檢場人	檢場人	檢場人	檢場人
少年修國	劇校生	劇校生	劇校生	劇校生	劇校生	劇校生	劇校生	劇校生	劇校生	劇校生
			嚴文藝			宋愛智				
解放軍	解放軍	解放軍	解放軍	解放軍	解放軍	解放軍	解放軍	解放軍	解放軍	解放軍
							檢場人	檢場人	檢場人	檢場人
少年修國				小妹	二哥		友乙	檢場人		檢場人
徒弟甲	徒弟	葉師傅	三媽	長女	參子	參媳	徒弟乙	徒弟丙	徒弟丁	徒弟戊
休息										
解放軍	解放軍	解放軍		解放軍	解放軍		解放軍	解放軍	解放軍	解放軍
包頭	徒弟	葉師傅	三媽	長女	參子	參媳	徒弟乙	徒弟丙	徒弟丁	徒弟戊
青年修國										
			三媽				檢場人	檢場人	檢場人	檢場人
							解放軍	解放軍	解放軍	解放軍
邱峰逸	許昂栢	孫豪國	嚴文藝	王淳詩	黃詠浩	宋愛智	李煒日	林羽伯	張珊悅	蘇揚德
漁民	大教頭	漁民	漁民	漁民	漁民	漁民	武行甲	漁民	武行乙	武行丙
							檢場人	檢場人	檢場人	檢場人

序場

幕啟

情境：

風屏劇團預定進行《梁家班》的彩排，卻因故延遲了彩排的時間。排練空檔，團長李修國與妻子佑珊回想起，在中華商場[2]拆除的前一天，倆人回到中華商場的往事。

場景：

舞台上。（置有中華商場修國家場景——舞台左側為修國家的木製拉門；舞台右側後上方懸吊一小投影幕，呈現李修國的回憶畫面。以下中華商場修國家場景皆同。）

角色：

李修國、劉佑珊。

---

2 1960年，台北市中華路上攤販林立，政府為從事消除髒亂，整頓市容，讓攤商得以安身立命，乃興建中華商場，為西門地區帶來盛極一時的繁榮。直到捷運板橋線與地下街興建，捷運局方於1992年開始著手拆遷。

△　大幕啟。

△　京戲武場鑼鼓聲揚起。

△　白紗幕投影：多種京戲演出戲碼之劇照、京戲的戲鞋、服裝、演員扮妝等照片（彩色）。

△　白紗幕投影字幕：

「京戲啟示錄」

△　京戲武場鑼鼓聲乍停。

△　白紗幕投影：中華商場老照片，數張（黑白）。最後一張老照片疊映字幕：

「1961年4月22日　中華商場　興建落成」

△　稍頃——燈漸亮，一角，佇立著中華商場修國家的木製拉門。

△　李修國提著一雙戲靴，自外奔上，靜靜地看著空曠的大舞台。稍頃，修國至木門後方，拉開木門，入。

△　小投影幕呈現的是此刻修國腦海裡的畫面：中華商場老照片（黑白）。

△　稍頃，佑珊自外，上，拉開木門，入。

佑珊： 修國，你找我啊？

修國： 這雙戲靴你拿給耀光試試看！（將戲靴交給佑珊）

佑珊：（仔細看著戲靴，讚嘆地）你大哥做的手工很細！

修國： 現在全台灣就只剩下我大哥在做這種純手工的戲靴——我沒有辦法想像三十多年前，我是在中華商場長大的小孩。

佑珊： 又在想你父親？

修國： 從我們談戀愛開始，妳一直沒有見過我父親。

佑珊： 都是聽你說他，你說你跟你父親個性很像——你不就是他嗎？中華商場拆掉前一天晚上，你帶我回去看過，我只看過那一次，（走向拉門）我唯一的印象就是你們家的——門，（拉開木門）拉開、（關上木門）關上、（又拉開木門）拉開。滑輪跟軌道摩擦的聲音，我喜歡那種時間軌道的聲音，它象徵一種傳統，（笑）小時候我們家也是這種門，這種聲音讓我很有安全感。

修國：（陷入沉思地）怎麼辦呢？時間一直往前，我只能憑記憶回到過去，過去所發生的一切事情，愈久遠的愈模糊。有時候我經常懷疑，那些曾經真實發生的過去，是確有其事？還是根本沒有發生過？

△ 沉默。

佑珊： 修國，你沒事吧？

修國： 沒事！（回神，對佑珊）通知大家準備彩排《梁家班》！

△ 燈光暗。

△ 京戲音樂揚。

△ 白紗幕投影字幕：

「風屏劇團　演出」

「《梁家班》 楔子」

S1

《梁家班》之楔子與第一場——漁民

情境：

風屏劇團開始彩排《梁家班》之楔子與第一場——漁民。梁家班的故事發生在1946年，秋天。

場景：

（1）河面上。（背景布幕為類似三峽[3]景觀之巨幅山水畫，場上有數塊大型石頭。）

（2）魯青茶園之戲台（背景為魯青茶園之布幕軟景）。

---

3 長江三峽，西起四川奉節的白帝城，東到湖北宜昌的南津關，全長192公里，由瞿塘峽、巫峽和西陵峽三段組成。

角色：

（1）蕭桂英（琳宇飾）、蕭恩（豪陸飾）、眾漁民（十二人。倫天、峰逸、昂栢、豪國、文藝、淳詩、詠浩、愛智、煒日、羽伯、珊悅、揚德分飾）。

（2）梁老闆（耀光飾）、次子（豪陸飾）、次女（琳宇飾）、徒弟（昂栢飾）、長女（淳詩飾）、次媳（佑珊飾）、二媽（音麗飾）、李師傅（修國飾）、趙掌櫃（剛德飾）、葉師傅（豪國飾）、劉隊長（倫天飾）、隊員甲、乙（峰逸、詠浩飾）、檢場[4]人（煒日飾）。

4　傳統戲曲舞台上負責檢查、照顧道具、茶水等瑣事者，廣義的類別為現代劇場的舞台技術人員。

△ 場景（1）河面上，梁家班正在山東的魯青茶園戲台上，演出《打漁殺家》。

△ 京戲鬧台[5]，音樂轉成《打漁殺家》之開場樂。

△ 燈光亮，河面上煙霧瀰漫，眾漁民在河上搖槳捕魚狀。

桂英：（OS）**搖櫓催舟順流下。**

△ 蕭恩與桂英父女，上。

蕭恩：開船哪。

眾漁民：魚來囉！

桂英：（接唱快版）**父女打漁度生涯，青山綠水難描畫，一葉扁舟到處為家。**

蕭恩：兒啊。（唱）**父女打漁在河下，家貧哪怕人笑咱，桂英兒掌穩了舵，父把網撒。**

△ 京戲文武場[6]音樂揚起。眾漁民兩兩一組，各自划船行進狀。

△ 父女做覓魚狀，蕭恩撒網、拉網身段[7]。

△ 稍頃——

蕭恩：（不慎扭傷了腰）**唉唷⋯⋯**

桂英：（急忙上前攙扶）**爹爹要仔細了。**

蕭恩：（唱）**怎奈我年紀衰邁氣力不佳。**

---

5 傳統戲曲演正戲之前，會用一段熱鬧音樂來暖場，也預告觀眾好戲即將開鑼。

6 京戲的伴奏，文場由管弦樂器組成，武場由打擊樂器組成。

7 傳統戲曲中，演員的舞台動作叫做「身段」。

桂英： 爹爹年邁，這河下的生意不作也罷。

蕭恩： 本當不作這河下生意，你我父女拿什麼度日呀！？

桂英：（哭腔）喂呀——

蕭恩：

（合唱）父女打漁在河下，家貧哪怕人笑咱。看看不覺紅日落。一輪明月照蘆花、照蘆花、照蘆花。

眾漁民：

△ 燈光漸暗。

△ 文武場音樂持續。

△ 白紗幕投影字幕：

「《梁家班》 第一場 漁民」

△ 場景轉為（2）魯青茶園之戲台，風屏劇團正在彩排《梁家班》第一場，漁民。

△ 燈光亮，次子、次女已在場上排練父女覓魚段——桂英（次女飾）划槳，蕭恩（次子飾）撒網、拉網。梁老闆站在舞台中央，手上拿著戒尺。

△ 燈光暗。白紗幕投影字幕：

「1946年 秋天 山東 魯青茶園」。

△ 燈光亮。白紗幕升。檢場人，上，搬一桌兩椅[8]至舞台右側一角。

---

8 中國傳統戲曲中常利用一桌兩椅的排列堆疊，以象徵的方式，組合出不同的場景。

梁老闆：（拿戒尺輕打次子）不成！連英！我只說一回，晚上登台再犯錯，去祖師爺面前跪到天亮去。（拿漁網示範動作）蕭恩在撒網之前，雙手提著網一抖，左邊套在手指上，把網搭在右臂上，一亮。左手提網，右臂往前一送，隨著甩髯口，把網張開、撒開，學問就在這一張一撒，左手往下一沉，這不就像有魚入網了嘛！？

△　徒弟捧著拖盤（上有兩碗飯菜），上。

梁老闆：（對徒弟）幹什麼你？！小猴兒！？

徒弟：師父！二師哥和小師妹他們倆還沒吃飯吶！

梁老闆：（對次子、次女）你們餓了嗎？！

次子：　有一點！

（同時）

次女：　不餓！

△　檢場人端了一杯茶給梁老闆，下。梁老闆喝茶。

梁老闆：（對徒弟）小猴兒你吃飽了嗎！？

徒弟：吃了，吃了一半。三媽——

梁老闆：誰？

徒弟：三媽擔心二師哥、小師妹他們倆空肚子練功，叫我把飯端上來。

梁老闆：（兇）這戲台是吃飯的地方嗎！？我正在說戲吶！

徒弟：（畏縮害怕地）師父！我拿下去。（轉身欲下）

梁老闆：（叫住徒弟，訓斥）回來！少吃一頓飯怎麼啦！？大夥都沒吃，你倒先吃一半，你做什麼事情都只做一半——（命令地）跪下！

徒弟：（委屈地）師父！小猴兒沒做錯什麼事——

梁老闆： 還頂嘴！？

△　徒弟跪下。

梁老闆：（質問徒弟）昨兒夜裡你跟誰喝酒，一夜沒回來！？

△　長女，上。

徒弟： 跟大川叔、葉師傅……

梁老闆：（質疑地）嗯？

長女：（對梁老闆）爹，我也一塊兒去了！

徒弟： 還有大師姐也去了。

梁老闆： 你跟他們說我什麼閒話？

徒弟：（急忙辯駁）師父，我沒說什麼呀！

梁老闆：（質疑地）還沒說什麼？

徒弟：（心虛地）師父，我真的沒說什麼——

梁老闆： 說是不說！？

△　梁老闆示意次子遞戒尺。

梁老闆：（舉起戒尺，兇）說是不說！？

徒弟：（害怕地）師父……我說，我說：「師父一身好本事，傳子不傳徒」！

梁老闆：小猴兒，我從來沒把你當作外人看！我把功夫先傳你二師哥！你要有慧根，早先學上了，我對誰都不偏心！（徒弟欲作解釋，被梁老闆制止）跪好！

△ 梁老闆用戒尺抽打徒弟臀部。

徒弟：（忍痛）師父打得好！

梁老闆：這是告訴你別再說閒話！（又打）

徒弟：師父打得好！

梁老闆：這是叫你往腦子裡記下！還有這下——（又打）

徒弟：（疼得說不出話來）師父……

梁老闆：這下要你永遠別忘記求祖師爺賞你飯吃！

徒弟：（忍痛回應）……打得好！

長女：爹！李師傅送戲鞋來了。

梁老闆：（對次子、次女）連英！ㄚ頭！你們去後院練功，什麼時候我滿意了，我讓你們吃飯！

△ 次媳，上。

次子：

（同時）是！爹！

次女：

△ 次子、次女，下。

梁老闆：（對長女）大妞！我跟妳說過——

次媳：（打斷梁老闆說話）爹！您有功夫咱倆對對戲詞嘛！？

梁老闆：（對次媳）什麼戲？

次媳：《武家坡[9]》。

梁老闆：（對次媳）喔！（對長女，訓斥）大妞！往後你別再跟小猴兒走得太近，姑娘家學男人喝酒，像話嗎！？

△ 梁老闆將戒尺交給長女。

△ 二媽引李師傅，上。李師傅（山東話，全劇皆同）手裡提著一雙戲靴和兩雙彩鞋[10]，其中一雙彩鞋已交給二媽。

二媽：（手上拿著一雙彩鞋，欣喜貌，對梁老闆）喜奎！李師傅來了。

梁老闆：（對李師傅，笑）來得早，不如來的巧，（接過李師傅手上的戲靴）就等著您的靴子。

李師傅：梁老闆！您試試厚底靴！（拿彩鞋給次媳）二太太！您試穿這彩鞋看合不合腳！？

△ 梁老闆、次媳，試鞋、走身段。

二媽：（仔細端詳著手上的彩鞋）李師傅！您的鞋硬是比沙子口鞋舖王二麻子做得好！

李師傅：我趕了一個晚上，到現在沒睡。

二媽：辛苦了！

---

9 薛平貴歸家，遇王寶釧于武家坡前，夫妻相別十八年，王已不識薛。薛假問路以試其心，王逃回窯，薛趕至，直告己名及別後經歷，夫妻相認。
10 傳統戲曲服飾中，女角的戲鞋稱「彩鞋」。

李師傅：（看著正在試走的次媳）怎麼樣？二太太，可以吧！

次媳：我這雙鞋穿得挺舒服的。

梁老闆：好！李師傅！您瞧這棺材頭[11]緔得多嚴實，這雲頭[12]縫得多好多紮實，就為了李師傅您這雙靴子，（身段）我都要多唱幾台戲！

△　長女、徒弟，下。

二媽：（拿著彩鞋，對梁老闆）老爺子，這雙彩鞋是李師傅特地做的，他說要送給小梅老闆。

梁老闆：（對李師傅）小梅老闆人還沒來哪！他這幾天在上海天蟾舞台公演。先謝謝你！

次媳：李師傅，您跟小梅老闆有交情啊！？

李師傅：（對次媳）說不上，去年我在北京吉祥戲院聽他唱的《打漁殺家》，在後台說了兩句話。講好我送他一雙鞋。（對二媽）二大媽！他的腳樣我沒量，我用眼睛看就知道他的尺碼，（指著二媽手上的彩鞋）八九不離十就這麼大。

二媽：（讚嘆地）真是好眼力！

△　梁老闆穿上戲靴試走身段。

梁老闆：（驚嘆）好鞋！（對李師傅）李師傅，您可不能不做鞋

11　形容厚底戲靴鞋底的側面造型。

12　鞋頭的樣式，一般有圓頭、方頭、小頭、雲頭、獸頭、叢頭、鳳頭等。

啊！要不咱們唱戲的穿什麼上台！？

李師傅：（笑）您客氣了！

梁老闆：您坐，咱們喝點茶！

△　梁老闆、李師傅，坐下，喝茶。

二媽：媳婦！（將手上彩鞋交給次媳）這雙彩鞋拿給妳三媽去。

次媳：是，二大媽。

△　李師傅倒茶，被梁老闆制止。

梁老闆：（對李師傅）等等！這是我的壺！對嘴兒的！（手拿另一壺茶）您喝這壺！（倒茶，同時示意次媳拿厚底靴）還有我這雙。

△　次媳，下。

二媽：李師傅！我給老爺子提個意見，您聽聽看。我說《打漁殺家》蕭恩父女打漁那場戲，一條河面上怎麼看就只有一對父女打漁，我說場面要大、要好看，就得安排另外五、六條船，應該是一群漁民靠打漁維生，您說是這話不是！？

梁老闆：（對二媽）傳統老戲有他古典之美，妳懂什麼？！妳這瞎改戲，非挨老戲迷一頓臭罵！

二媽：（對梁老闆）你只顧著老戲迷，可這戲台下你能瞧見幾個年輕觀眾？年輕觀眾不上座，你再好看的戲都只落個「慘澹經營」四個字。

李師傅：（嗓子啞了）我聽說……（清喉嚨）

梁老闆：（起身，倒茶）李師傅，您嗓子怎麼了？

李師傅：（尷尬地笑）我沒有睡覺。

梁老闆： 您多喝點茶！

李師傅： 謝謝！（清喉嚨）梁老闆，我是聽說，梅蘭芳[13]梅老闆都是一邊演戲，一邊改戲！

二媽：（高興地附和李師傅）哎！我正要說哪——人家說的是，戲是愈改愈好，觀眾都得看熱鬧不是！

李師傅：（對二媽）對！

梁老闆：（不悅地，對二媽）看熱鬧就到該看熱鬧的地方去！戲迷要看的是門道，京戲不論怎麼改，離不開忠孝節義，離不開一桌兩椅！

二媽：（不悅地）你別說我說話直噢——京戲要死就死在這一桌兩椅！

△　次女與葉師傅，上，準備接續下一段落的彩排。

△　趙掌櫃隨劉隊長、隊員甲、乙，自另一角，上。

劉隊長：（表演十分生硬）你們戲班子是誰當家？

△　次女與葉師傅，下。

趙掌櫃： 茶園歸我管事，梁家班當家的不在，人去了天津，

13　中國近代最著名的京戲演員，唱工平靜從容。梅蘭芳精通音律，吐字講究五音、四聲、尖團，但不拘泥，發聲善用共鳴，為梅派唱腔的創始人。

聽說有堂會，他去談公事。

劉隊長：掌櫃的！你當我不認識梁老闆？你（指梁老闆）跟我去隊裡一趟！今晚開戲前送你回來！帶走！

△　隊員甲、乙架住梁老闆。

隊員甲：（跳出角色，小聲地提示倫天）走錯了啦！

二媽：（對劉隊長）誰允許你們這麼無法無天，（作反詰的手勢身段）你們有搜索票嗎！？

△　倫天忘詞，只得重複楊音麗的台詞。

倫天：誰允許你們這麼無法無天，（學音麗作反詰的手勢）你們有搜索票嗎！？

△　倫天講錯台詞，彩排被迫中斷。

音麗：（提示倫天）倫天！這是我的台詞！

倫天：（慌張地）那我說什麼？！

修國：（斥責倫天）倫天，你怎麼會忘記台詞？

耀光：（斥責倫天）你幹麻搶人家的台詞？

倫天：（焦急地快哭了）我很緊張嘛。

耀光：（斥責倫天）你緊張什麼啊你？

修國：我們現在在彩排，有什麼好緊張的？

耀光：（氣急敗壞地）彩排又沒有觀眾，你緊張什麼？

修國：公演才有觀眾嘛！

耀光：彩排那麼多遍了，你想一下好不好！

修國：（試圖安撫）想一下，可以嗎？

倫天：（深呼吸）想起來了。

修國：（示意大家彩排繼續）繼續。

△　倫天扮演劉隊長，彩排繼續。

劉隊長：梁——（示意隊員甲、乙，回復架住梁老闆的動作）梁老闆，我的底你摸了好一陣子……

△　倫天又說錯台詞，團長修國上前打斷。

修國：（無奈地）倫天！他摸你的底幹什麼？！

耀光：（不悅地，對倫天）我摸你的底幹嘛？！

修國：（對倫天）你要不要也摸摸我的底呀？

△　眾人笑。

倫天：（求情地，對修國）對不起，團長，我一定會想起來的！

修國：拜託，你認真彩排好不好？（示意眾人繼續彩排）繼續繼續！

倫天：（飾劉隊長，對梁老闆）梁老闆……（又忘詞）誰幫我提一下台詞——

剛德：（提詞）梁老闆！你的底我們摸了好一陣子，雖然這事跟你沒有直接關係，上面交代了，間接關係你脫離不了。

倫天：（對剛德）謝謝！（對修國）我真的通通想起來了！（飾劉隊長）梁老闆！你的底我們摸了好一陣子，雖然這事跟你（又忘詞，含糊帶過）……脫離不了。

△　眾人竊笑，耀光笑場。

耀光：該誰說話？！

倫天：（不悅地）該你啦！你專心一點嘛！影響我情緒！

耀光：（對倫天）對不起，我影響你情緒！該我說話。

△　修國示意彩排繼續。

梁老闆：（出戲，模仿倫天）誰幫我提一下台詞！！

△　眾人又笑場。倫天尷尬、不悅。修國示意眾人繼續彩排。

耀光：（嘲笑口氣，對倫天）對不起、對不起，我全部都想起來了！（邊笑邊飾演梁老闆）我梁喜奎，一不偷搶拐騙、二不做奸犯科、三不傷天害理！你不能把話說白了嘛！？

劉隊長：（對梁老闆）哼……（又忘詞）

剛德：（上前，對倫天提詞）你大老婆——

劉隊長：你大老婆叫彭娟！？

梁老闆：是。

劉隊長：（對梁老闆）哼……（又忘詞）

剛德：（又上前，對倫天提詞）長公子——

劉隊長：長公子叫梁連玉！

梁老闆：不錯，他們母子倆打去年梁家班封箱[14]以後就不告

14　戲班年度休息稱為「封箱」。

而別——

剛德：（主動上前，對倫天提詞）你怎麼——

劉隊長：（出戲，不悅地，對剛德）我知道啦！！

△　眾人出戲，又笑。

劉隊長：（認真嚴肅地）你怎麼會不知道他們倆的行蹤？（命令隊員甲、乙）帶走！

△　隊員甲、乙帶走梁老闆。倫天走錯方向，與光耀相撞。

光耀：（提示倫天）你走錯了啦！

倫天：（慌亂地）喔！我知道啦！

△　葉師傅、次女，上。

豪國：不能帶走！（眾人停住腳步，對修國）團長！丫頭跟我漏了一段很重要的愛情戲還沒演！

倫天：（幸災樂禍地，對豪國）吼，你們怎麼會忘記呢！？

眾人：（異口同聲地，指責倫天）你上早了！

修國：（對倫天）你上那麼早幹什麼？你害人家漏演一段愛情戲！

耀光：（對倫天）你整整搶人家一場戲！（對修國）團長，那我們剛剛那場戲怎麼辦？

修國：剛剛那場戲算作廢了！（對倫天）我們先把他們的愛情戲演完，你們再上來抓人！現在從楊音麗說完「京戲要死就死在這一桌兩椅」！

△　昂栢，上。

昂栢： 耀光！商量一下。

耀光： 等一下、等一下，我們還在彩排！

音麗：（略顯身體不適狀，對修國）團長，我沒有辦法繼續，彩排暫停一下，好不好！？

修國： 喔……（對眾人）暫停！暫停！

△　修國示意大家暫停彩排，隨即至舞台一角，跟剛德和倫天討論。昂栢與耀光在台上商量戲劇動作。

昂栢： 耀光，你在台上不要真打嘛，你假打就行了嘛！

耀光： 我們在台上演戲，應該要有真的感覺，不真打怎麼會像！？

昂栢： 你打得太用力了，這道具……啪（輕拍戒尺）！輕輕打就很像、很大聲了啊！

耀光： 我知道輕輕一打就很像、很大聲，可是演戲情緒一到，你要我怎麼作假！？

昂栢： 打下去真的很痛！

音麗：（大聲，對昂栢）許昂栢！你演戲連這都不能犧牲啊！？

昂栢：（不悅地）跟妳無關，妳不要講話！住嘴！

音麗：（嘲弄地）怎麼會痛呢！？你屁股不是有墊東西嗎？！

耀光：（驚訝地，對昂栢）什麼？你屁股墊東西，你演什麼戲啊！？（從昂栢的臀部拿出毛巾）哇！你真的墊東西！（亮出毛巾給大家看）大家看！這是我們劇團的演員——

音麗：（情緒激動地，對昂栢）你看我很痛苦你很高興是不是！？

昂栢：（大聲斥喝音麗）妳閉嘴！

耀光：（憤怒地，對昂栢）你兇什麼？你憑什麼這樣跟她說話！？是你把人家甩了！

音麗：（哭泣地，對耀光）你很大嘴，幹嘛講！？

昂栢：好！我們講戲！（對耀光）回正題！你打那麼用力不墊怎麼行！？要不換我打你，我看你墊不墊！？

耀光：（搶走昂栢的戒尺）問題現在是我打你，不是你打我！（把毛巾丟還給昂栢）不服氣的話，要不然我們問團長啊！

昂栢：好啊，問團長啊！團長！

△　修國正好要跑下舞台，被耀光、昂栢叫住。

耀光：團長！許昂栢有問題要問你！

昂栢：（對耀光）你才有問題！

修國：你們不是解決了嗎？

耀光：（對昂栢）你才有問題！你這叫什麼演員？

修國：（對二人）什麼問題？交給我！

昂栢：（對修國）你說句公道話！在台上演戲是假戲真幹嗎！？耀光真的打得很用力！

△　耀光在舞台一角安慰音麗。

耀光：（轉身，對昂栢）什麼叫做「真的」很用力！？情緒到了嘛！（對修國）他說我打得太用力了！可是你說要真實的感覺！

昂栢：好嘛！現在聽誰——

修國：不用問了嘛！（團長說話同時，二人繼續吵得不可開交。修國大聲地對昂栢說）我跟你說聽誰的！我們現在就聽——（指耀光）耀光的！

耀光：（得意貌）怎麼樣！

昂栢：（不服氣地）為什麼？團長！你說個理由！？你說服我、說服我啊！

修國：理由很簡單嘛，理由就是——（指耀光）他是我學弟嘛！

耀光：（對修國）謝謝學長！我很榮幸當你學弟，真的！（低聲對修國）學長，這理由會不會牽強了一點？

修國：（低聲對耀光）我覺得說得過去！

耀光：（對昂栢）怎麼樣？你被說服了沒有？很羨慕有這種學長吧！

昂栢：（將修國拉到舞台一角）團長，你可不可以改戲？

修國：劇本都定稿了，一個字都不能改！

昂栢：不是，團長，你不是說梅蘭芳都是一邊演戲一邊改戲的嗎？

修國：你以為你是誰啊？！你是梅蘭芳啊？你屁股不要墊東西！去後台拿掉。

△　昂栢、修國，下。

耀光：（對著後台斥責昂栢）梅蘭芳屁股會墊東西嗎？

音麗：（看著後台方向，咬牙切齒地）耀光！用力打！

△　音麗，下。修國，上，看著氣沖沖的音麗。

耀光：（對後台）音麗，妳不要生氣，我一定替妳報仇——

修國：耀光，楊音麗的感情好像被傷得很深！？

耀光：對啊！因為她一直用母愛在談戀愛。交個男朋友年紀這麼小……

修國：耀光！你那場戲到底要怎麼教訓那個徒弟——小猴？

耀光：學長！你一直叫我們要真實地打！可是如果你考據真實的話，我聽說那個年代的戲班子戒尺前面還加了釘子吶！

修國：（驚訝地）加釘子！！加幾根呢？

耀光：兩根吧！

修國：（不敢置信地）兩根！！

耀光：（誤會修國的意思）不夠啊！？一邊兩根，可以了吧！不能再多了，會打得他上不了台！

△　耀光、修國，下。一角，豪國跟琳宇竊竊私語。

剛德：（對豪國和琳宇）拜託！在劇團裡不要講人家的是非嘛！——（見已無人在台上，躡手躡腳地走向二人）剛才那件事，我認為是耀光不對，我猜他對音麗有意思。（豪國欲搭話，被剛德制止）好！不要說了！我們不要被他們影響！繼續彩排！（語氣溫柔地對琳宇）繼續彩排！（對觀眾席音控室的方向）小毛，音樂。

△　剛德，下。豪國、琳宇在台上站定位，開始彩排。

葉師傅：ㄚ頭！說真格的，北京鳴春社[15]找我去搭班，（牽起次女的手，深情地）妳跟著我走吧！

次女：我怎麼能丟下梁家班呢？

葉師傅：（說服）梁家班算完哩！裡邊一團糟，妳心裡有數兒！我對妳又是——

次女：葉師傅！

△　剛德拿著一壺酒，上，打斷彩排，教導豪國演戲。

剛德：（對豪國）豪豪！你忘記帶酒上場，你只要一出現就要喝酒！（酒壺給豪國）你演的是一個拉胡琴的酒鬼嘛⋯⋯（示意彩排繼續）繼續！

△　剛德，下。彩排繼續。

葉師傅：ㄚ頭——

15　北京重要的戲班之一，1938年由李萬春（1911-1985）創立，出了不少鳴字輩和春字輩名伶。鳴春社常演連臺本戲《濟公傳》、《文素臣》及應節戲《天河配》等戲，都極為叫座。

次女：葉師傅——

△　趙掌櫃，上。葉師傅、丫頭，急忙分離，葉師傅坐到椅子上。

趙掌櫃：（笑）葉師傅！您跟倩玉丫頭是談情說愛還是談國家大事？

葉師傅：丫頭！妳聽說了吧！？最近外面有點亂，國民黨到處亂抓人。

剛德：（提示豪國）喝酒！喝酒！

△　豪國喝酒。

趙掌櫃：哎！小老百姓嘛！能過兩天太平日子就算兩天（色瞇瞇地看著次女）！葉師傅！倩玉丫頭這兩天受了點風寒，嗓子不亮，您耳朵尖一點——拉弦的時候，別拿那千斤碼子直往下撳，您這麼一撳，二小姐調門愈提愈高，那哪受得了？（拿酒瓶灌葉師傅酒）少喝點酒！（出戲提示）再喝！再喝！

豪國：（吐酒，出戲，驚恐地對剛德）阿剛哥，你給我喝真的酒啊？

剛德：（出戲，訓示）我跟你說過了，這是方法演技[16]嘛，你演酒鬼一點說服力都沒有，所以演戲的時候你就

16　美國導演Lee Strasberg從俄國戲劇大師史坦尼斯拉夫斯基的表演論述中發展出來的一套寫實主義表演體系。

要喝真的酒，這樣就能表現出真的喝醉的感覺！繼續喝，多喝一點，年紀輕輕酒量這麼差！

△　豪國喝酒。

琳宇：剛哥，那我們？

剛德：沒關係，他還有幾句台詞，我來幫他演完。（代豪國飾葉師傅，酒醉狀）小梅老闆的身段唱腔真好，他是這麼唱的——（手拿槳划船狀，唱）父女打漁渡生涯，青山綠水難描畫，一葉扁舟到處為家。——（轉飾趙掌櫃，對豪國）葉師傅，你少喝點吧。沒開鑼[17]就先醉倒可不成啊！（葉師傅喝酒）——通通喝光啦！？（葉師傅吐酒）

琳宇：（擔心地，對豪國）豪豪，你還好吧！？

剛德：（安撫琳宇，摸著她的手）沒事！沒事！

△　燈光暗。

△　白紗幕，降。

△　京戲文場樂揚起。

17　京戲以鑼鼓開場，「開鑼」即開場。

S2

《梁家班》第二場——情網

情境：

風屏劇團繼續彩排《梁家班》第二場——情網。梁家班正在魯青茶園上演《白蛇傳[18]》時，茶園後台的光景。

場景：

魯青茶園後台。（舞台前緣降下一化妝鏡框。舞台後方是茶園後台的景片，用以區隔戲台前後，現場觀眾可透過景片中的薄紗看到演員在戲台表演的身影。後台景片的左右兩邊各有通道供演員上下戲台；舞台左右側亦各有一通道，左側通往戲院外頭，右側通往內室。

---

18 中國四大民間傳說之一，又名《許仙與白娘子》。故事成於南宋或更早，在清代成熟盛行，是中國民間集體創作的典範。描述的是一個修鍊成人形的白蛇精與凡人的曲折愛情故事。

角色：

參子（詠浩飾，飾法海）、長女（淳詩飾，飾青兒）、徒弟（昂栢飾，飾許仙）、參媳（愛智飾，飾倚哥）、二媽（音麗飾）、次子（豪陸飾、飾蕭恩）、次媳（佑珊飾，飾寶釧）、次女（琳宇飾，飾蕭桂英）、包頭（峰逸飾）、葉師傅（豪國飾）、檢場（倫天）、檢場人（煒日、羽伯、珊悅、揚德飾）、三媽（文藝飾）、梁老闆（耀光飾）、趙夫人（珍艾飾）、趙掌櫃（剛德飾）、李修國。

△　京戲文武場的器樂聲。

△　白紗幕投影字幕：

「《梁家班》 第貳場　情網」。

△　燈光漸亮。葉師傅坐在一角、次媳走身段、包頭替次女梳妝、次子在梳妝鏡前裝扮、參子與長女套招、徒弟一旁指導，眾人七嘴八舌。參媳抱著嬰兒，自外上。

△　白紗幕，升。梳妝鏡框吊桿，降下。

△　嬰兒哭聲。

參媳：（焦急地，對參子）**大海！你抱抱英英吧！他跟著我老哭個不停。**

參子：他肚子餓了，妳給他餵奶嘛！我得上台啦！

△　參媳於一角，餵奶。

徒弟：（幫長女求情，對參子）**小師哥別讓大師姐太累，鷂子翻身、臥魚**[19]**少一點吧！**

參子：開打就這麼回事，你敢偷工減料，當心又挨師父一頓排頭。

△　二媽，上。

二媽：（開心地邊鼓掌邊說）**九成座、九成座，大家卯著點啊！——好消息啊！打濟南來了個老戲迷，喜歡咱們梁家班，包了一份賞金，特別交代給倩玉丫頭，喜上加喜呀！**

△　二媽將賞金交給次女。

△　眾人喧鬧，恭喜次女。

△　檢場提著大茶壺，自外，上。

19　京戲的身段動作。

△　茶園後台懸吊景，下。

△　以下角色語言部分重疊。

檢場： 開水滾燙，讓出條道兒來啊！

次子：（對檢場）大川！桌面上瞧見哪個小壺空了就添點啊！？

二媽：（對參子）大海！這兒亂的慌，你們去後院對招嘛！

長女： 二大媽，一會兒就開鑼啦！

二媽： 葉師傅！準備開鑼啦！

△　葉師傅應聲，下。

△　檢場至參媳旁添水。

徒弟：（對檢場，大聲地）大川叔！你幹什麼？

二媽：（對徒弟，高聲叫喊）嚷嚷什麼？小猴兒，什麼事？！

徒弟： 大川叔偷看小雲（即參媳）餵奶！

檢場：（極力解釋）我幫小雲添水，沒偷看哪！

參媳：（委屈地）二大媽！妳得替我拿主意，每回我給孩子餵奶，他這老色鬼逮著機會就往我這兒蹭！

△　徒弟拿長槍抵著檢場。

檢場：（推開徒弟的長槍，駁斥）天地良心，我沒那個邪念頭！

參媳：（哭泣、求助）二大媽──

二媽：（不知如何是好，尷尬地對參媳說）誰要妳在這兒餵奶──

參媳：（不敢置信地）難道是我不對！？

二媽：（言不由衷地）是妳不對。

參媳：（哭喊著）我不要做人了！

△ 參媳將嬰兒交給參子，卻誤拿了他手上的禪杖，欲下。參子將嬰兒交給次媳。參媳折返，將禪杖還給參子，隨後，下。參子欲追參媳，被二媽制止。

二媽：（斥喝地）這會兒鬧什麼！？（對參子）別理她，讓她哭一會兒。

△ 二媽，下。包頭，下。

參子：（仍心急地，欲追參媳）我去看看——

徒弟：（對參子）小師哥！開戲哩！

次女：（對參子）開鑼了，趕緊上戲。我看去！

△ 次女，代替參子至後台關心參媳，下。徒弟、長女、參子，上戲台，下。

次子：（在鏡台前梳妝，對檢場）大川！上台檢場去！

檢場：（生氣地將毛巾甩在地上）不幹了！太侮辱人了！

次子：（對檢場）大川叔！沒人說你是那種人，別往心裡走！幹活兒、幹活兒！

△ 檢場搬一桌兩椅，上戲台，下。

次媳：（抱著嬰兒，對次子說）連英！你看這孩子長得多像大海呀！？跟他爹一個模樣！

次子：（走到次媳旁看嬰兒，笑）還真像大海！（見四下無人，欲親吻次媳，次媳閃躲）什麼時候也幫我生一個。

次媳：（冷淡地）我還在吃藥調身體。

次子：（不悅地）調到什麼時候？（埋怨地）老是不讓我碰妳！

△　次子抱次媳，次媳又閃躲開。

次媳：（不悅地）成天老想碰啊碰的！你就不能多體諒體諒我身子不舒服嗎？

次子：（忿忿地，坐在鏡框前）哼！（唱）聽一言不由我七竅冒火。

△　三媽，上。

三媽：（爽朗地，對次子）好！今兒個嗓子真在家！

次子：

（同時）三媽！

次媳：

三媽：哎！我出來溜溜！還順利吧！？

次子：沒事兒！倒是三媽您別太勞動，裡場、外場您都別操心，有二大媽就行了。

三媽：知道啦！

△　次子拿起桌上的彩鞋。

次媳：三媽！那雙彩鞋是李師傅要送給小梅老闆的。

三媽：（拿彩鞋，開心地笑著）小梅老闆明天就到，可惜不上台。

次子： 三媽！您真有本事，能請到四小名旦小梅老闆給咱們梁家班下指導棋！

△ 次媳將嬰兒交給次子。

三媽： 當初我們坐科[20]，我小他一輩兒。這回為了倩玉丫頭，能請來這位名師指點，說動他來真是不容易，這份情算我欠的！

△ 梁老闆，上。

次子：

（同時）爹！

次媳：

三媽：（著急地，向前迎接梁老闆）回來啦！他們怎麼說！？沒刁難你吧！？

△ 次媳憂心地看著梁老闆。

梁老闆： 沒事！（疲憊地坐在化妝鏡框前，三媽亦坐下）我是真的沒有大娘他們的消息。他們一直重複問了三個問題：什麼時候有過接觸？什麼時候見過面？見面都說些甚麼話？我哪兒知道啊！風箏斷了線，我這抓了線頭，風箏往哪兒飛，我哪知道！？分明是刁難咱們小老百姓！

次子： 是啊，咱們小老百姓為的不就是討口飯吃，過日子

---

20 即學戲。

嘛！

三媽：（驚喜地）喜奎、喜奎！孩子在踢我——

梁老闆：（笑，摸三媽的肚子）小傢伙又在鬧了！

次子：三媽！您回屋裡歇著吧！

梁老闆：（對三媽）別累壞身子了。

三媽：知道了！（對次媳）彩鞋給我！

梁老闆：（對次子）連英，場上多盯著點兒！

次子：是，爹。

△　三媽、次子，下。

次媳：（擔心地詢問梁老闆）真沒事兒吧！？

梁老闆：沒事兒！？（苦笑）妳聽中國人說話真是委屈呀！明明就是這個社會一團糟，每個人都還得為生活奔波、勞心勞力。我這兒拉班走唱、攜家帶眷的，擔心哪個沒穿暖？哪個餓著了！？我焦慮、惶恐、茫然，我還是口是心非，嘴裡老掛著沒事兒、沒事兒！

△　突然，次媳從梁老闆背後擁抱著他。

梁老闆：（掙脫開次媳）幹什麼妳？不怕給人瞧見了！？

次媳：（哽咽地）咱們別再唱戲了，你把戲班子散了，帶著我走！（投入梁老闆的懷抱）帶我走！

梁老闆：（掙脫開次媳）荒唐！我真是越活越荒唐！妳是我兒

媳婦！我說我們倆是怎麼開始的！？

次媳：（哭泣）都已經走到這兒了，你問怎麼開始的？

梁老闆：唉！就此打住吧！從這一刻開始，恢復原來的關係、身份，就當什麼也沒發生過！

△　二媽，上，瞧見。

次媳：（苦苦哀求地）我已經陷得那麼深了！任誰揭穿我都不怕！你可別告訴我，你對我用的情都是虛假的。

梁老闆：（走向次媳，欲安撫她）別哭了！（擁抱著次媳）妳那模樣教人看了心疼！

二媽：（拉高嗓門、嘲諷地）唉唷！我說你們唱的是哪一齣戲呀？！

△　梁老闆、次媳，彼此分開，佯裝沒事。

梁老闆：沒事兒！（欲下）

二媽：（攔住梁老闆）我說老爺子，您最近真是清心寡慾啊！？三媽就快生了，您不碰她還說的過去！（趾高氣昂地）我是您二房，您也不碰。這會兒讓我撞見了，您看這話兒我得怎麼傳？！怎麼說哪！？

梁老闆：（不悅地）妳都撞見什麼了？！二大媽，別瞎說！

△　梁老闆欲拿化妝鏡台上的帽子，同時次媳欲替梁老闆拿化妝鏡台上的帽子，兩人尷尬，停頓。梁老闆，下。

次媳：二大媽，您別誤會！我跟連英又鬧彆扭！

二媽：（質疑地）是嗎！？

次媳： 爹要我多忍著點！

二媽：（走到次媳旁）是這麼回事嗎！？（用手捏次媳）別哭！妳可別想矇我！沒錯，咱梁家班是你爹當家作主，（訓斥）可妳是我們梁家，明媒正娶的媳婦，妳可別失了身份，壞了梁家班的規矩，讓妳爹沒法子抬起頭來做人！（故作安慰地替次媳拭淚）瞧妳！

△　趙夫人、趙掌櫃，上。

趙夫人： 二大媽！您在這兒哪！我在前場找您半天兒了。

二媽：（對次媳，示意她離開）沒事兒！（轉身對趙夫人）趙夫人——

次媳： 謝謝二大媽。

△　次媳，下。

二媽： 趙夫人！早先我們說好了是一個星期包銀的，您給工錢的規矩不能每天改。

趙掌櫃：（對趙夫人）是嘛，照規矩來！講好上戲前訂金一半，開戲第三天另一半付清——

趙夫人：（不悅地，對趙掌櫃）茶園歸我管事，還是歸你管事？

趙掌櫃：（低聲下氣地）歸妳管事兒！

趙夫人： 好！走開。

△　趙掌櫃走開至舞台一角。

趙夫人：二大媽！梁家班跟咱魯青茶園合作這麼多年，都不算是外人了，我說兩句不中聽的話，您別往心裡頭擱——

趙掌櫃：（插話，對二媽說）就當我老婆——

趙夫人：（對二媽）就當我——

趙掌櫃：（對二媽）放兩個屁——

趙夫人：（對二媽，被趙掌櫃干擾，順口說出）我放屁——（察覺說錯話，轉身對趙掌櫃）我放屁！？（斥責）你說什麼話？

趙掌櫃：（笑）妳放屁，我不說話！

趙夫人：（罵人）討厭！你滾開！（對二媽）二大媽，我是說，去年抗戰勝利到現在全國百廢待舉，可就你們梨園行現在正是百家爭鳴、百花齊放的時代，有本事的——

趙掌櫃：（又插話）不管怎麼說，三天兩頭我也在茶園裡忙上忙下——

趙夫人：（對趙掌櫃）你忙什麼！？（至趙掌櫃旁，吵了起來）你是忙茶園還是忙妓院，你別當我心裡沒數兒！（愈說愈氣）是有人傳話給我，說你最近迷上了怡紅院百花園裡頭的彩虹姑娘——

趙掌櫃：（極力否認，笑）沒有的事兒！

趙夫人：你打算安個偏房，對不對！？

趙掌櫃：（順口接話）對！

趙夫人：（震驚地）對！？

趙掌櫃：（驚恐地，立刻否認）不對！不對！

趙夫人：（氣到說不出話，指著趙掌櫃）你……好……

趙掌櫃：（極力否認）我不好！我不好！

△　檢場，自戲台上搬一桌兩椅（至後台），上。

△　二大媽欲勸阻二人。

趙夫人：（氣得說不出話）二大媽……家務事……沒事兒！

二媽：（安撫狀）家務事！沒事兒！

趙夫人：（暴怒地大聲斥喝趙掌櫃）你敢！你要是真敢安個偏房，你給老娘試試看！你有本事安，我就有本事死！彩虹什麼時候過門，我什麼時候就在你茶園門口懸樑自盡，我就整天吊在那兒晃啊晃的給大家看，（大哭大鬧地）我還要變成鬼，搞得你一輩子悽慘潦倒、不得好死！

檢場：趙夫人，您嗓門小一點！前台都聽見了！

趙夫人：（豁出去地）老娘我怕什麼！？

趙掌櫃：（緊張地）怕丟人哪！這下可好，後台的戲比前台好看！

△　葉師傅帶壺酒，走下戲台，上。

葉師傅：（酒醉狀）台上正在唱戲哪，後台鬧烘烘的！

趙掌櫃：（對趙夫人）前台有觀眾在問，可不可以買票到後台來看戲！？

△　飾葉師傅的豪國步履踉蹌，趴坐一旁。

趙夫人：看就看！（衝到台上，大聲叫喊著）你們前台聽著！魯青茶園趙掌櫃是個大嫖客！

趙掌櫃：（衝到台上把趙夫人拖到後台）妳這是幹什麼！

△　趙夫人仍繼續對趙掌櫃哭鬧，二媽在一旁企圖安撫。

△　這時，倫天突然打斷彩排。

倫天：（舉手）團長、團長，可不可以暫停一下

△　修國，上。

修國：不能暫停、繼續彩排。

倫天：（指豪國）豪豪喝醉了！

修國：（驚訝地）喝醉了？

剛德：（對修國）沒有，他是在演戲！（示意趙夫人繼續彩排）來，我們繼續。

△　趙夫人繼續哭鬧。

倫天：（對修國）他真的喝醉了。他酒瓶裡面裝的是金門高粱。

修國：（對倫天）演戲都是假戲真作，他為什麼喝真的酒？

珍艾：（停止彩排，對修國告狀）阿剛要他喝真的酒。

剛德：（對修國解釋）團長，我是為了戲好，每一次看他演喝

醉都不像真的喝醉，這也是一種方法演技，一定要有真實的感覺，我不知道他酒量那麼差。

珍艾：現在怎麼辦？！

修國：（無奈地）怎麼辦？！等他醒啊！不然怎麼彩排？

剛德：（對修國）我有解酒藥！

修國：（不悅地）你滾啦！

倫天：（攙扶豪國置一旁休息，豪國當場嘔吐）吐了！吐了！（大聲驚呼）吐到我的手啦！！

△　燈光轉換。

△　中華商場修國家門片景，上。

△　以下轉S3。

S3

父親（I）——厚底靴

情境：

風屏劇團彩排中斷，等待豪國酒醒的空檔，修國與團員琳宇對話，憶起童年時期在中華商場的往事。此場景呈現多重時空並置、交錯進行著。

場景：

（1）風屏劇團的舞台上（置有中華商場修國家場景）。
（2）中華商場修國家（木門前置有一桌兩椅）。
（3）劇校練習場（舞台右側，空臺）。

角色：

（1）李修國、黃琳宇。
（2）李父（李修國飾）、少年修國（峰逸飾）
（3）劇校老師（豪陸飾）、劇校生十人（昂栢、豪國、文藝、淳詩、詠浩、愛智、煒日、羽伯、珊悅、揚德飾）。

△　燈亮。修國已在舞台上。稍頃，琳宇拉開木門，入。

琳宇：團長！為什麼不繼續彩排？

修國：因為豪豪他——

琳宇：喝醉了？

修國：（點頭，苦笑）喝醉了！喝醉了！

琳宇：聽你學弟耀光說，你們家以前住中華商場？

修國：對！三個月前，我還帶我老婆去中華路小南門「瞻仰故居」。

琳宇：（疑惑地）瞻仰故居？

修國：（開玩笑地）對！我跟我老婆說，我是一個偉人啊！（笑）

琳宇：團長，你會是一個偉人的啊！

修國：沒有！我跟她說，我是一個「萎縮的小人」！（笑）

琳宇：（笑）你真的很愛說笑！

修國：我跟妳說，中華商場現在統統拆掉了，只剩下一條大馬路中華路，一切都不存在了。

琳宇：中華商場是什麼時候拆掉的？

修國：一九九二年十月，他拆掉了我所有的回憶，我現在沒有辦法見景生情。那天，我還跟我老婆說（邊說邊以手勢比畫著，彷彿從前的中華商場就出現在他面前）：「妳去想像，中華路那一排樹，以前是中華商場，這一長條是第八棟，我們家住在第八棟二樓，二樓有一條長長的走廊，我以前經常在那邊跑來跑去。」因為拆掉了，我要我老婆想像我在半空中跑來跑去（笑），我跟她說：「我就是在那個長長的走廊其中一戶長大的小孩。可是，我完全不記得每一天生活的細節。」我很確定人的記憶永遠是模糊的。

琳宇：是不是就像我們演的戲？觀眾看完整齣戲回家之後，不可能清楚舞台上每一段情節、每一句台詞，甚至於分不清楚誰演誰！？

修國：對！人生跟戲劇本來就存在著一個很微妙的模糊地帶。（望著遠方，若有所思地說）我突然想回去！

琳宇：已經拆掉了！？

修國：我是說回到過去，回到中華商場，去找我父親。

琳宇：（狐疑地）風屏劇團為什麼要演《梁家班》的故事？！

修國：（自語）我不確定我父親跟梁家班之間的關係是什麼？我甚至懷疑，一九四六年在山東青島曾經有梁家班那個戲班子嗎？！

△　燈光變化。

△　以下進入修國回憶。隨著修國對琳宇敘述往事，呈現出修國回憶中的畫面場景。

△　火車軌道聲。

△　小投影幕，降，投影畫面：做戲靴的那雙手。

△　少年修國（峰逸飾）提著一雙戲靴，自外，上，拉開木門，入。李修國轉飾李父，李父以山東話發聲，全劇同。

△　舞台鏡框外兩側投影幕將適時出現李父的台詞字幕。

少年修國： 爸！厚底靴刷好了。

李父： 刷了幾遍了？

少年修國： 兩遍啦！

李父：（命令地）刷三遍！

少年修國：（不情願地）爸！都乾了。

李父： 再刷一遍！

少年修國：（央求父親）不要啦！人家要出去玩了！

李父：（堅持地）都要刷三遍！

少年修國：（不情願地）喔！

△　少年修國至一旁刷厚底靴。

△　時空轉回當下，李修國與黃琳宇對話。

修國： 那個時候我念小學三年級，我父親曾經想送我去劇校學唱戲！

琳宇： 為什麼沒去呢！？

△　時空又轉回李修國小時候，李修國飾李父。

李父：（對正在一角刷戲靴的少年修國，寄予厚望地）修國！什麼時候你能穿上你爹做的戲鞋，上台唱戲，我坐台下看，不管你唱什麼，你爹我是一句一個（大聲叫道）「好啊」。

少年修國：（推託地）爸！學戲很苦！八年坐科，比坐牢還苦！

△ 舞台上呈現少年修國想像的畫面——劇校老師率劇校學生們，上。老師指導學生練功。其中兩名學生做拿頂與下腰動作。

李父： 吃點苦怕什麼！？從前在大陸，你爹給一個叫梁家班的戲班子做戲鞋，沒有一個叫苦的！京戲就好比是一個人的文化修養，懂得愈多就愈受人尊敬！你書唸不好沒關係，你去學唱戲，將來沒有人敢瞧不起你！

少年修國： 爸！你在劇校看過那些學生練功！（搬弄自己的腿狀）下腰、壓腿、扳腿、撕腿、踢腿，一劈腿老師還踩在學生兩條大腿上，一踩就一個鐘頭，一練完功那雙腿就不是自己的腿了。

李父： 坐科就是打小學起，你現在骨頭軟，你去坐科——

少年修國：（頂嘴）你喜歡京戲你去坐科！

李父：（不悅地，罵少年修國）進你娘的！你爹這把老骨頭還去坐什麼科！？你們三兄弟我指望著你還有點出息。你不愛唸書，儘早去劇校。人，無信不立！你自己不是說過要去學唱戲的嘛！？

少年修國： 可是真的好苦，我現在已經不想去了。

李父： 進你娘！昨天我去劇校送了一瓶酒兩條煙，你爹為什麼？就為了我做戲鞋你唱戲，將來你唱出名堂，你爹我走路有風，臉上有光！（得意地笑）對吧！對吧！

△ 劇校老師率學生們，下。

少年修國：（央求李父）我真的不要去！

李父：（嚴厲地）我說了算！下個學期你就去劇校！你別瞎[21]了我一瓶酒、兩條煙！

少年修國： 明天你去劇校把一瓶酒、兩條煙拿回來！

李父：（劈頭罵）進你娘的！禮都送人家了，還能要回來！？明天我去劇校給校長說（模擬對校長說話，不好意思地）：「對不起！我禮送錯了，麻煩你還給我。」（罵少年修國）進你娘！你不去！我就打斷你的狗腿，去不去！？

少年修國：（極力反抗地）有大哥、二哥在，你為什麼不送他們去唱戲！？

李父：（憤怒地）你大哥、二哥耍流氓！流氓學唱戲，那算

---

21 浪費。

什麼京戲！？（作流氓走路狀）你看，（唱《四郎探母[22]》）「站立宮門，叫小番」（作流氓狀，吐一口痰在地上）。（對少年修國）你看這叫什麼京戲？你去不去？

少年修國：（委屈地）不要！

李父：（憤怒地）你跪下——（少年修國委屈地跪下）我的戒尺呢！？

少年修國：（偷笑）昨天打斷了。

李父：我還藏了一根！（尋找狀）我那根戒尺藏哪兒去了？戒尺呢？！

△　時空轉回李修國與琳宇談話的當下。

琳宇：如果那一年你去劇校學唱戲，你今天就不會站在這裡！

修國：當然！不過，我已經想不起來，當初去劇校是我父親要我去？還是我自己跟父親說我要去劇校，他同意，但我卻後悔，最後決定不去學唱戲了……

△　燈光漸暗。

---

22 北宋時，遼邦設「雙龍會」於幽州，邀宋太宗（光義）赴會議和。楊家八虎護駕隨往，中伏兵敗，四郎（延輝）被擒，改名木易，與瓊娥公主成婚。十五年後，適遼邦蕭天佐擺天門陣，楊六郎（延昭）御於飛虎峪，佘太君押糧抵營；四郎思母，欲往探，為公主識破，乃以實相告；公主計盜令箭，助其出關，四郎當夜私回宋營，母子兄弟相聚。黎明，四郎返遼，被蕭后察知，欲斬，經公主求情，赦免。

△　小投影字幕：

「1964年　冬天　中華商場　修國家」

S4

風屏劇團 I ——假戲真作

情境：

風屏劇團因演員私人因素，彩排遲遲無法進行。

場景：

（1）空舞台。
（2）雪山。

角色：

（1）劉佑珊、譚珍艾、宋愛智、朱剛德、葉倫天、朱豪陸、嚴文藝、李修國。
（2）楊子榮（豪陸飾）、參謀長（剛德飾）、解放軍十二名。

△　燈漸亮，空舞台。

△　佑珊、珍艾、愛智，自一角，上。

佑珊：（對愛智）小愛！為什麼不在後台講！？

珍艾：（替小愛對佑珊解釋）後台人太多，不方便講。（將愛智推向佑珊）小愛，妳講。

愛智：（吞吞吐吐地）妳……可不可以幫我轉告……妳老公李修國先生，把我的戲全部刪掉！？

珍艾：（驚訝地，對愛智）妳剛才不是這樣說的！？

佑珊：（安撫愛智）小愛，戲演不好不要怕，我可以體諒妳的壓力，妳放輕鬆！

珍艾：（急切地幫愛智說話，對佑珊）不是！她不是壓力！她說《梁家班》第二場戲，她抱一個嬰兒上台，然後坐在椅子上餵奶的戲最好刪掉！因為，她覺得——（大聲地對愛智）妳自己講啦！

愛智：我媽媽跟我阿姨、大表姐她們都會來看戲——

佑珊：那很好啊！

愛智：（快速地回話）不好！（難為情地）她們看見我坐在台上，把衣服撥開，把那個掏……出來……

佑珊：（極力解釋）不需要！妳只要作假動作，用身體遮住……

愛智：（委屈地）可是阿剛哥一直教我用方法演技，他說一定要真的演出來……

佑珊：他不是導演，妳聽他的幹什麼？！

愛智：（委屈地）我也是這樣想啊！可是，他說……（哽咽地）還好我不是演妓女，要不然……要不然我要先去當妓女才能來演……（哭泣）

△　剛德、豪陸、倫天，自一角，上。倫天故作在一角搬桌椅，實則在聽眾人對話，欲加入話題。

剛德：（對珍艾）譚大姐——

愛智：（哭哭啼啼地）我真的不要做人了！

△　愛智，下。

佑珊：小愛，小愛——

△　佑珊，追愛智，下。

剛德：（見愛智哭哭啼啼地，對珍艾問）什麼事！？

珍艾：沒事！沒事！

剛德：（對豪陸）來！豪陸哥！你幫我們看看，我為了風屏劇團《梁家班》演出成功之後，在慶功宴上，（興奮地）我跟譚大姐要演一段《打漁殺家》歌仔戲版！

豪陸：（驚訝地）歌仔戲啊！？

珍艾：對！他演蕭恩，我演蕭桂英。

倫天：（舉手發問）阿剛哥！那我演什麼！？

剛德：（對倫天）你演……河裡的小烏龜！

倫天：（氣餒地）啊！？

剛德：不高興啊？那……大烏龜！

倫天：（不情願地）吼！

剛德：（不理會倫天。轉而請教豪陸）豪陸哥，您是京戲第一武生，請你指導一下我們的身段——（對音控室）小毛，音樂stand by！（作歌仔戲身段）譚大姐，（閩南語）咱也來stand by啊——

剛德：（閩南語）阿英！今天天氣也無風、也無雨，你隨阿爹來去划船抓魚吧！

珍艾：（閩南語）是，阿爹！稍等我穿好衫褲隨來——

△ 歌仔戲文武場樂揚起。珍艾邊唱邊作歌仔戲身段，剛德在旁伴舞。

珍艾：（唱，〈狀元樓[23]〉）桂英催舟順流過，捉魚佈網水上人家。家境落魄無怨切，父女相依相提攜。

△ 曲畢，倫天在一旁吆喝、拍手。

珍艾：（開心地）謝謝！

剛德：（得意地）怎麼樣，豪陸哥？

豪陸：（疑惑地）阿剛，父女打漁，怎麼你們沒有划船的動作？

---

23 歌仔戲曲調。

珍艾：（對豪陸）還沒有走到船上，走在路上的過程也要先交代啊！

剛德：對啊！我們走的時候還經過一段獨木橋！（對珍艾）譚大姐，我們再表演一次！最精彩的！

△ 剛德和珍艾立刻重現走獨木橋片段的動作。二人興奮地一邊數著節拍一邊做動作。

豪陸：我們要演的是父女打漁殺家，你們演的怎麼像是——

倫天：（插話，諷刺地）像是父女打獵殺豬。

珍艾：

（同時對倫天）你閉嘴！

剛德：

剛德：（對珍艾）譚大姐，我們聽（指豪陸）專家的意見。

豪陸：（毫不客氣地批評）阿剛，我覺得你演的很像一個管家（珍艾大笑）。譚大姐，妳也不要笑！我覺得妳演的像個當了二十幾年的老丫環（剛德反過來嘲珍艾，珍艾追打剛德）。你們兩個，一個是管家，一個是二十年的老丫環，你們兩個人在——偷情！

△ 倫天大笑。

珍艾：（不悅地，對倫天）Shut up！我覺得阿剛idea很好啊！歌仔戲一向都比京戲自由、活潑！哪像現在京戲根本沒有人看——（豪陸臉色一沉，珍艾畏縮地閃至一旁，把責任推給剛德）阿剛說的啦！

剛德：我……！？

△　修國，上。

剛德：（開心地對修國說）團長！我已經設計一段歌仔戲版《打漁殺家》，譚大姐跟我在慶功宴上演——

倫天：（委屈地，對修國）團長、團長，我演河裡的大烏龜！

修國：（潑剛德冷水，指責地）阿剛，《梁家班》戲還沒有首演，你就想到慶功宴！

剛德：（見風轉舵，立刻改變話題）那我換個話題——耀光的戲很爛，他根本不懂方法演技——

修國：（打斷剛德，嚴肅地）阿剛！你永遠不要再談你的那種方法演技！（轉身問倫天）豪豪怎麼樣了？

倫天：現在比較好，吐得比較少——

剛德：（自信地）團長，我有一個方法讓豪豪快速清醒——

修國：（不悅地）我也有一個方法讓你快速躺下！

剛德：（尷尬狀，欲逃避，佯裝突然有人找，看向後台）誰！？我電話！？（對修國）團長，有人打電話給我。（欲奔下）

修國：（不悅地）誰打電話給你啊？

珍艾：（對修國）我打的啦！

剛德：（對修國，指珍艾）她打的！

珍艾：（察覺有誤，對剛德）不對……

剛德：（邊說邊奔下）妳快點打給我！！

△　剛德、珍艾，二人急忙地，奔下。

修國： 倫天！等豪豪醒了，通知大家，準備彩排《梁家班》！

△　倫天應聲，下。

△　文藝著孕婦裝扮慌張地，奔上。

文藝：（情急地，對修國）團長——團長——（見豪陸也在場，停下腳步，尷尬地笑）

修國：（笑）過來啊！

△　文藝慌張地逃跑，欲下。

修國：（對文藝）三媽——

文藝：（飾三媽，轉身對修國）您叫我！？

修國： 妳找我啊！？

文藝：（尷尬地）對！（慌張地，在台上走來走去，說話速度愈來愈快）團長，有些話我不知道該不該說？（指豪陸）但是有外人在！

修國： 沒有關係！

文藝： 我怕影響你的情緒。（緊張地捏著三媽孕婦造型的肚子）但是又不希望你對我產生誤解——

修國：小心肚子！

文藝：沒關係！

修國：肚子有小孩！

文藝：（拉開上衣，露出假肚子）假的啦！團長，我要說的意思是……

修國：講！妳說！

文藝：（慌亂地）是……算了啦！你當我沒說……（激動地）你把我剛才說的話通通擦掉，你把我擦掉，我沒有在這裡出現，我消失了！

△　文藝，下。

修國：（狐疑地）三媽！妳到底要說什麼？

豪陸：修國，搞劇團真不容易！

修國：（苦笑）太難了！—— 豪陸，我要跟你說對不起，一直說不出口。我把你從京戲團請來跨刀幫忙風屏，是希望我的戲好，也希望對你的京戲有一點幫助，（難為地）可是——

豪陸：修國，不要有太大的壓力，我們都在努力，不是嗎！？

修國：（停頓）豪陸，我提這件事，看你想不想得起來！（精神抖擻地，奔至舞台一角）「停止前進！（對豪陸行舉手禮）報告參謀長！來到三岔路口！」

豪陸：（笑）什麼？

修國：（提示豪陸）你借給我看的DVD樣板戲《智取威虎山[24]》，第一句台詞——

豪陸：（興奮地）對對對！那是文革時期，江青搞的樣板戲，他們叫（作樣版戲身段）「革命現代京戲」。

修國：（愈說愈興奮地）我覺得他們搞得很有意思。

豪陸：（滔滔不絕地）那個時候，全中國只有八大樣板戲可以看，每齣戲的唱詞，老百姓幾乎是朗朗上口。京戲要流傳，先要大家都會唱，就像現在的流行歌曲一樣。

修國：我覺得樣板戲型式很棒。

豪陸：樣板戲還有一個優點，就是節奏快、絕無冷場。

修國：（似乎有感而發地）唉！

豪陸：你嘆什麼氣？

修國：我覺得京戲發展到今天，好像也走到了一條三岔路口。

△　二人相視而笑。稍頃——

24　八大樣板戲之一，敘述東北解放軍在進剿威虎山的座山雕匪幫時，偵察排長楊子榮假扮奶頭山殘匪胡標，以獻上潛伏特務的連絡圖為名，取得了座山雕的信任，當小分隊與民兵趕至威虎山時，與楊子榮裡應外合，一舉殲滅匪幫。

豪陸：（作樣板戲身段）同志們！繼續向前方偵察，出發！

△　燈光轉換。

△　白紗幕，降。

△　舞台上呈現的是——李修國與朱豪陸談起的樣板戲——《智取威虎山》之〈乘勝進軍〉片段。

△　樣板戲《智取威虎山》開場音樂揚。

△　舞台場景轉為雪山。

△　白紗幕投影字幕：

「樣板戲　智取威虎山」

△　燈亮。

△　參謀長率解放軍十二人，自外，舞蹈，上。

△　稍頃，白紗幕，升。

軍甲：（昂栢飾）停止前進！報告參謀長，來到三岔路口！

參謀長：（剛德飾）大家累了吧！？（眾人：不累！）好，同志們！（眾人列隊）楊子榮同志到前站偵察！這裡就是會合地點！團常委遵照毛主席建立鞏固的東北根據地的指示，組成追剿隊在魯三江一帶發動群眾、消滅土匪、鞏固後方、配合野戰軍，粉碎美國、蔣介石的進攻。這是有偉大戰略意義的任務！我們一定要發揚連續作戰的精神，下定決心，不怕犧牲、排除萬難——

眾人：爭取勝利！！

軍甲： 報告！子榮同志他偵察回來了！

△　京戲之武場音樂揚。

△　楊子榮一角，上。

楊子榮：（豪陸飾）報告！

參謀長： 子榮同志，你辛苦了。

△　二人握手。

楊子榮： 參謀長！我奉命化妝偵察，在偏僻的山坳裡，救了個打獵人，經過他父親的指點，我到了黑龍溝蒐集到一些情況，查出了座山雕的行蹤！

參謀長： 好！

△　京戲文武場音樂揚。

楊子榮：（唱）這一帶常有匪出沒往返，番號是保安五旅第三團，昨夜晚黑龍溝又遭險難。座山雕心狠手辣罪惡滔天，行兇後紛紛向夾皮溝流竄，據判斷這貫匪逃回威虎山。

參謀長： 同志們！（眾人：有）我們已經偵察到座山雕的下落！現在要緊緊跟蹤！駱三江！（軍乙：到）你帶隊到黑龍溝紮營！（軍乙：是）子榮同志！（子榮：到）我們還要進一步掌握敵情（子榮：是），你帶申德華！（軍丙：到）龔至成！（軍丁：到）梅國彥！（軍戊：到）繼續向前方偵察！出發！

△　部隊眾人作狀蓄勢待發，稍頃，呈靜止動作。

△　燈光暗。

△　文場音樂進。

S5

父親（II）——孫婆婆

情境：

風屏劇團彩排勉強進行一小段後，再度中斷，修國對琳宇憶述中華商場的往事，場景隨著修國的敘述在現實與回憶中交錯。

場景：

（1）魯青茶園後台。
（2）風屏劇團的舞台上。
（3）中華商場修國家／小投影幕。

角色：

（1）次女、李師傅。
（2）修國、琳宇。
（3）李父、孫婆婆（六十三歲，音麗飾）、少年修國（十三及十八歲，峰逸飾）、大姐（珍艾飾）、小妹（淳詩飾）、大哥（剛德飾）、友甲、乙（倫天、煒日飾）、二哥（詠浩飾）、檢場人（煒日、羽伯、揚德、珊悅飾）。

△　場景（1）魯青茶園後台懸吊景漸降。

△　燈光漸亮，李師傅已在場上。稍頃，次女自一角，上。二人站在一道橫越舞台的條光之中。

次女：（手裡拿著錢）李師傅！這些戲鞋錢您都收下吧。

李師傅：我不是來要錢的。

次女：我爹說不能老是欠您鞋錢。

李師傅：我不要緊！梁老闆養活一大家子不容易，二大媽說你們開銷緊，她不是說梁家班裡沒現金了嗎！？

次女：我爹講信用，這次欠您的不能拖到下次還。（將錢交給李師傅）您收下吧！

李師傅：（收下錢）梁老闆真是見外。

次女：（面有愁容地）不瞞您說，這些錢是我爹叫葉師傅去當鋪當了幾件戲服、行頭[25]——

李師傅：（訝異地）什麼！妳說你們當了戲服、行頭！？唉！那不行！有錢再還！有錢再還！

△　欲將錢還給次女，二人互推錢。

次女：（急忙說服）李師傅，您也是靠手藝掙錢，也得養家活口不是！？

△　燈光轉換——魯青茶園懸吊景，升。場景轉為（2）舞台上。

25　指戲曲演出服裝、飾品。

△　同時，中華商場修國家門片景，上；小投影幕，降。檢場人陳設一桌兩椅於木門前。

△　小投影畫面：製鞋的畫面。

△　修國、琳宇，在中華商場門片前對話。舞台上的時空與中華商場修國家的時空交錯進行著。

修國：是啊！養家活口！

△　十三歲的少年修國，上。

修國：十三歲那一年我非常叛逆，有一天回到家看見我父親坐在小藤椅上納鞋，我很不禮貌地對他說——

△　修國轉飾李父。

少年修國：（對李父）爸，你做了一輩子的戲鞋，也沒看你發財，你幹嘛不改行？

修國：（對琳宇）我記得父親伸出他那一雙手，說——（轉飾李父，對少年修國）你爹我打十六歲做學徒到今天，就靠著這一雙手，養活一家子！你們哪一個少吃一頓飯？少穿一件衣裳？我改什麼行？（斥責少年修國）進你娘！（豎起大拇指）「人，一輩子能做好一件事情，就功德圓滿了」！

少年修國：（學父親豎起大拇指，不以為意地）誰聽得懂啊！？

△　舞台上的琳宇對修國說——

琳宇：你爸人生參得很透！脾氣又好！

修國：（對琳宇）什麼！他罵完就狠狠地踹了我一腳！

△　修國又轉飾李父。

李父：（轉身，一腳踹倒少年修國，罵）我進你娘的。

少年修國：（被踹倒在地，哀嚎地）這句我聽懂了啦！

△　少年修國，下。

△　時空轉回舞台上。

琳宇：（對修國）你爸人生參得太透，脾氣真的不太好！

△　火車軌道聲。

△　檢場人搬一桌兩椅置於木門前，並在桌上擺放酒瓶、酒杯，孫婆婆的皮包置於椅子上。

琳宇： 你們家有幾個小孩！？

修國： 五個。三男兩女，我排行老四。

△　時空轉至中華商場修國家。

△　小妹穿著制服提著下酒菜，自外上。拉開木門，入。

小妹：（對李父）爸，點心世界的鍋貼給你買回來了，我擱桌上啊！

△　小妹將下酒菜放在桌上。

修國：（對琳宇）她是我妹妹，那一年她唸高一。她十幾年前嫁人了，現在住在南勢角。有一個女兒，跟她現在一樣大了——也是十五歲！

△　小妹，下。十八歲的少年修國走路一拐一拐地，提著塑膠袋，自外上。拉開木門，入。修國轉飾李父。

少年修國： 爸，繡花布拿回來了。

李父： 擱桌上。

△　時空轉回舞台上。

琳宇： 他怎麼那樣走路！？

修國： 誰？

琳宇： 你。

修國： 被我父親打的啊！妳不知道山東人打小孩很狠，只要把他惹毛了，他隨便抓個什麼東西就能往你身上霹靂啪啦毒打一頓。有時候找不到東西打，抽起皮帶，也能霹靂啪啦朝你身上一陣亂打！

琳宇：（驚訝地）太狠了！

△　時空轉至中華商場修國家。孫婆婆，自外上，拉開木門，入。

孫婆婆： 李老闆，你們中華商場的廁所可真遠，我只是去撒泡尿，來回走了我一身汗。

△　小妹，上。

李父： 坐坐，再喝點酒吧！？鍋貼都給妳買回來了！（手拿剛剛小妹買回來的點心，請孫婆婆吃）吃點鍋貼吧！

孫婆婆：（笑）吃不下了！

小妹： 爸！我要去上學了。（對孫婆婆打招呼）孫婆婆——

孫婆婆：（對小妹）妳放學啦？小芬！？

李父：（對孫婆婆）她要去上學了。

小妹：（對孫婆婆）我去上學！

孫婆婆：（沒聽清楚他們說的話）好好好！放學，好！

小妹：孫婆婆，再見。

孫婆婆：（對李父）真有禮貌！

△　小妹，下。

孫婆婆：（拿酒喝，看著少年修國）修國長這麼大了！？

少年修國：（站在一旁，木訥地對孫婆婆點頭）嗯！

李父：（斥責少年修國）你看人不會叫？！

少年修國：孫婆婆！

孫婆婆：（笑）幾歲了？

△　少年修國呆了一會兒。

李父：（不悅地，對少年修國）問你幾歲了！？

少年修國：十八。

孫婆婆：有沒有學唱戲！？

△　少年修國又呆了一會兒，不知如何回答。

李父：（生氣地，對少年修國）問你有沒有學唱戲！你怎麼了？見人不會說話！進你娘（整褲腰帶作勢欲抽出皮帶）。

少年修國：（緊張地，加快說話速度，對孫婆婆說）沒有去學唱戲，我現在唸世界新專廣播電視科。小時候爸爸常帶我去看戲，最近功課忙，沒時間去看戲。

孫婆婆：唉，現在年輕人都不看京戲了！

少年修國：對阿！看京戲很容易睡著！

李父：（不悅地，起身走向少年修國）你說什麼！？進你娘！

△ 少年修國慌張地欲衝出家門，被李父叫住。

李父：你去哪裡？（少年修國停下腳步，站在門前）你去刷戲靴！刷三遍！

△ 檢場人，上。他將戲靴、油漆桶拿給少年修國，隨即又下。

△ 少年修國不情願地在舞台一角刷戲靴。

孫婆婆：唉唷，李老闆啊！那雙彩鞋我又忘了給你帶來。

李父：彩鞋妳留著吧！

孫婆婆：（誇獎地）你做的彩鞋，三十年了，沒走樣！我拿回來放你店裡讓別人看你（對李父豎起大拇指）功夫好、手藝好。

李父：不要緊，妳留著吧、留著吧！

孫婆婆：彩鞋嘛，物歸原主，就怕我哪天來不了了。

李父：二大媽，人一輩子能吃幾碗飯老天爺都知道。我說，您能活百歲！

孫婆婆：（嘆氣）活那麼久，還真沒意思（停頓）……我酒喝夠了，得回家了。

△ 李父暗自從口袋拿出錢、數錢（準備給孫婆婆回家的

車錢）。

孫婆婆：（對少年修國）修國！你爸爸這門手藝就靠你給他傳下去，不學唱戲，學做鞋嘛！

李父：我三個兒子，就屬他最沒出息了。

△ 大姐，自外，拉開木門，上。

大姐：爸！大哥跟他幾個拜把兄弟又喝醉了。（對孫婆婆打招呼）孫婆婆——

△ 飾李父的李修國轉回風屏劇團舞台上時空，對一旁的琳宇道白。

李修國：她是我大姐，她跟我大哥都是在大陸出生的，當年他們是跟著我爸媽一起到台灣來的。

△ 時空轉至中華商場修國家——

△ 友甲、乙與喝醉大哥，上。

孫婆婆：（對大哥）這是老大啊！？

李父：（對孫婆婆）不要理他！不要理他！

大哥：（對孫婆婆，酒醉狀）進你娘的！

孫婆婆：（尷尬地）是老大！是老大！

友甲：（酒醉狀，差點被木門門檻絆倒，醉醺醺地對大姐咆哮，閩南語）這門怎麼這麼高！？怎麼這麼高！？

△ 大哥在一旁嘔吐。

友乙：（對友甲，閩南語）肉粽，老大吐了啦！

友甲：（急忙向前攙扶大哥，閩南語）哎唷！吐了啦！

友乙：（對眾人，閩南語）歹勢！歹勢！

△　友甲、乙攙扶大哥，下。

李父：（不好意思地，對孫婆婆）老大的酒肉朋友，不要理他們！今天妳回去，不要坐公車，坐計程車，（遞上鍋貼）鍋貼帶回去吃，（掏錢）車錢妳先拿著。

孫婆婆：（客氣地拒絕）不坐計程車，我坐十二路公車，鍋貼我帶回家，你不要拿錢，叫修國送我去坐公車就行了。

△　李父與孫婆婆為車錢相互推讓，大姐亦在一旁說服孫婆婆，三人吵成一團。

孫婆婆：（生氣地大喊）我生氣了，我生氣了！（坐下，把錢放在桌上）我不走了，我把錢擱桌上，沒拿！

李父：（安撫地）好好好！不坐計程車，坐公車、坐公車！

△　大姐將桌上的錢拿給少年修國。

孫婆婆：我坐公車嘛！我今天不坐計程車，我把錢擱桌上——（在桌上找錢，發現錢不見了，驚慌地）錢哪去了？！

李父：（生氣地）錢哪去了！？

大姐：錢在修國那！

少年修國：錢在我這！

李父：（生氣地）你拿錢幹什麼！拿過來！進你娘的！

大姐：（安撫孫婆婆）孫婆婆不生氣了！

孫婆婆：（往門口走）修國送我去坐公車。

李父：（對孫婆婆）不送！慢走！

△　二哥與一群流氓幹架，上。流氓們被二哥打跑，下。

二哥：（手拿木棍，對流氓們）我操你媽！

△　小投影字幕：

「1974年　春天　中華商場　修國家」

△　少年修國攙扶孫婆婆，出木門。

△　二哥從木門口，入。

△　時空轉換至風屏劇團的舞台上。

修國：（對琳宇）他是我二哥！我父親最氣的就是他，他當年在中華商場第七棟後面的大廟口混飛鷹幫！

琳宇：你二哥現在還在混嗎！？

修國：沒有！他現在在幼稚園開娃娃車。

△　時空又轉至中華商場修國家——

李父：（對大姐）小嫚，拿剪刀來。

大姐：（緊張地）爸！你要剪刀做什麼？我幫你剪。

李父：（生氣地）拿來！（大姐遞剪刀給父親。對二哥）喲！（大姐示意二哥快逃出門。李父責罵二哥，將剪刀藏在身後）你現在是大老闆，生意做大了！你回來幹什麼？！打死你這個王八蛋的！耍流氓！你不要回來！

△　二哥，急奔出門，李父將剪刀射出，追出門。

△　二哥狂奔，下。

△　李父咒罵二哥，被門外的孫婆婆撞見，二人驚嚇。

李父：（驚嚇狀，對孫婆婆）妳還沒走啊！？

孫婆婆：別生氣，李老闆！

李父：我不會生氣！

孫婆婆：李老闆！我沒有喝醉，你養家活口不容易啊！我說句話，您別介意——（醉言醉語狀）我說，你這是什麼家庭！？——唉唷，我真的喝醉了！

李父：（尷尬地）喝醉了！妳喝醉了！回家吧！慢走！

△　火車軌道聲。

△　少年修國扶孫婆婆，走圓場[26]。

△　時空轉換至風屏劇團的舞台上，琳宇不禁發問。

琳宇：那位老太太是誰！？

修國：很多年以後，我父親才告訴我說，她就是梁家班裡的二大媽！

琳宇：（驚訝地）真的？我一直以為梁家班只是一個戲班子的故事。

修國：是。也許只是一個故事。

△　少年修國與孫婆婆走至樹蔭底下，停步。

少年修國：孫婆婆！妳怎麼啦？不舒服！？

26　傳統戲曲演員的基本功。京戲的特色是「場隨人移，景隨口出」，舞台上經常以演員走圓場的方式象徵角色移動到另一個場景的過程。本劇在此借用京戲的舞台語言來調度走位。

孫婆婆：（望著前方）車站在前面嗎！？

少年修國：還要過一個紅綠燈，我扶您過去。（從口袋裡拿錢給孫婆婆）孫婆婆，我爸說這錢您還是收下吧！

孫婆婆：（生氣地）你爸爸怎麼講不聽呢！—— 好！擱在我包包裡！

△ 少年修國將錢放在孫婆婆的手提包裡。

孫婆婆：我撒泡尿。

△ 孫婆婆在舞台一角，蹲下撒尿，少年修國轉身迴避。

修國：（對琳宇）一九四九年六月初，梁家班全散了，我父親說，梁家班整個戲班子只有二大媽一個人來到台灣。

少年修國：孫婆婆！我在前面等妳噢！

孫婆婆：好。別催，讓我慢慢尿嘛！

△ 燈光漸暗。

△ 胡琴聲揚起。

S6

《梁家班》第三場—伶人

情境：

風屏劇團繼續彩排《梁家班》，進度是第三場，伶人。

場景：

魯青茶園後台／前台。

角色：

長女（淳詩飾）、徒弟（昂栢飾）、次女（琳宇飾）、次子（豪陸飾）、梁老闆（耀光飾）、次媳（佑珊飾）、參媳（愛智飾）、參子（詠浩飾）、李師傅（修國飾）、二媽（音麗飾）、三媽（文藝飾）、檢場（倫天）、葉師傅（豪國飾）、徒弟甲、乙、丙、丁、戊（峰逸、煒日、羽伯、珊悅、揚德飾）。（眾人均穿梁家班之便服）

△　白紗幕，降。投影字幕：

「《梁家班》 第參場　伶人」

△　魯青茶園後台。葉師傅打著拍子，次女正在練唱。

△　白紗幕，升。

次女：（清唱原版）老爹爹清晨起前去出首，倒叫我桂英兒掛在心頭。我只得關柴扉草堂等候，等候了爹爹回細問根由。

葉師傅：成了！咱們上胡琴。

△　長女、徒弟，上。

長女：（將圍巾甩在地上，對次女）拿去！我不用妳的東西。

徒弟：（安撫長女）怎麼啦妳！？小師妹一番好意，怕妳著涼不是！？

次女：（撿起地上的圍巾）大姐，妳還得護嗓子哪！

△　長女不理會次女，徒弟只好向前接過圍巾。

長女：（酸溜溜地）丫頭！我的嗓子算什麼？！往下還有幾場堂會全靠妳撐場子。

次女：（委屈地）我是為妳好。

長女：（拿過徒弟手上的圍巾，甩在次女身上）我也是為妳好。小梅老闆今天晚上來就為了看妳。

葉師傅：（大聲斥喝長女）大妞！妳成心胡鬧是吧！

長女：葉師傅！這條兒圍巾是你送給丫頭的吧！

葉師傅：（不甘勢弱地）是啊！是我送給丫頭的！怎麼了！？

△　舞台後方為魯青茶園前台，正在排演《打漁殺家》的鑼鼓點。

次女：（勸阻葉師傅）葉師傅！別拌嘴了！（苦勸長女）大姐！都是一家人，走南闖北只幹一件活兒！離了舞台就是大夥過日子。（委屈地哭泣）妳成天只琢磨我一個手勢、一個眼神有什麼計謀！？耍什麼狡詐？費那麼大的功夫瞎猜什麼？咱為了啥！？咱為了對得起咱爹苦心經營的戲班子！（牽著長女的手，長女甩開）這不就是咱的一輩子嗎！？如果是為了小梅老闆這檔事，那是三媽給安排的，我可以成全妳，我跟爹說一聲，妳上打漁殺家蕭桂英，我不上！

葉師傅：（勸阻次女）丫頭！

長女：（哽咽地）好！你們不必成全我！小猴兒！咱們走！

△　長女，下，徒弟追，下。次女欲追，葉師傅擋下次女，代替她追長女，下。

△　檢場，上。

△　京戲文武場樂揚起。

檢場：前頭排打漁殺家了啊！（對次女）梁老闆也不知吃了什麼藥了，說要改良京戲啊！

△　燈光、場景轉換為前台。魯青茶園佈景，降。

△ 次子飾蕭恩，上。次女飾桂英。檢場將桌椅定位，下。梁老闆，上。

△ 次媳、參媳、參子、眾漁民（眾徒弟分飾）陸續上場，排練著改良的《打漁殺家》片段。

桂英： 要怎樣才算受屈呢！？

蕭恩： 那贓官叫為父連夜過府與那賊陪禮，這才算受屈啊！

桂英： 爹爹去也不去！？

△ 三媽，上。

△ 檢場，上。他搬著一桌兩椅往一角走去。梁老闆打斷排演。

梁老闆：（對檢場）等等！大川！那一桌兩椅別再搬上搬下了。你改成換佈景，你去想像，蕭恩家的景片翻過來就是丁員外家，明白嗎？

△ 二媽，上。

檢場： 梁老闆！這一桌兩椅不搬上搬下，場景就不成形了。我說句心裡話，您這麼一改，不是要我沒飯吃嘛！？

梁老闆： 要是不改良，梁家班都沒飯吃了！

二媽：（對檢場，得意地笑著）大川，梁老闆這一改，咱們大夥兒往後都不愁沒飯吃！

梁老闆： 繼續啊，（對後台）漁民都上來啦！

三媽：（憂慮地，對梁老闆）喜奎，這戲不能這麼幹啊！

梁老闆：（安撫三媽）沒事！妳歇一會兒！別操心，妳看看嘛！（對眾人）都上來！咱門說戲！這場夜晚行船，到時候台上有一張景片，大家想像這佈景一翻過來，就到了丁員外家了——（台上不見徒弟，不悅地）小猴的大教頭怎麼不上？小猴呢？

二媽：（對梁老闆）葉師傅去街市上找了，一會兒就回來了。

梁老闆：（生氣地）不像話，我正要改戲呢！小猴的大教頭不上，我這會兒怎麼順著改？

△　眾人沉默，停頓。

次女：爹！還不到丁員外家，我們父女倆還要夜晚行船！

梁老闆：咱門接著說！（說戲）蕭恩找了一幫漁民，帶著兵器，夜晚行船往丁員外府殺過去！（指揮眾人）漁民，上，走船！

△　鈸鑼聲大作。

△　飾漁民之群眾聽從梁老闆指示，開始走位。

△　蕭恩、桂英提刀；參媳、參子、長女、次媳、眾漁民，帶刀與船槳，作夜間走船身段。

三媽：（不悅地，對梁老闆）喜奎，這麼改戲不是辦法！

梁老闆：（對三媽）妳看看我怎麼改嘛！（說戲，指揮眾人）這時候，夜色迷濛水流湍急——漁民！船往下游走、動作一致！

△　燈光轉換為夜景。

二媽：（苦勸）三媽！改了好，不弄點噱頭，年輕觀眾老不上座。

三媽：（生氣地）這一向不是咱梁家班的作風！誰給出的主意？！

二媽：我跟老爺子一塊兒研究的。

梁老闆：（暴怒地，訓斥參媳）大海的媳婦兒！妳的槳怎麼拿的。（吩咐徒弟甲教導參媳划槳）春子，跟她說我的搖槳怎麼搖法！

徒弟甲：（峰逸飾）是！師傅。

△　徒弟甲教導參媳，梁老闆至一旁安撫三媽的情緒。稍頃，徒弟甲的船槳不小心打到梁老闆。

梁老闆：（生氣地）春子！你往哪打？！（踹徒弟甲一腳）混蛋！棒槌！（大海與參媳欲扶起徒弟甲，被梁老闆制止）別理他！

△　李師傅自一角，上。

二媽：李師傅來啦！

梁老闆：李師傅，我這說戲哪！您坐一會兒！

二媽：李師傅您等會兒，鞋錢一會兒讓丫頭交給您。

梁老闆：（示意檢場倒茶）大川。（對三媽解釋）原故事只說父女倆殺人後直奔梁山，我覺得結尾草率了點，我改良就改這兒——（轉身對李師傅）李師傅，剛好您在，您也幫我看看，我打算在這齣戲最後，讓兩幫人馬在水裡打上一場，熱鬧、好看！能這麼演，梁家班路子就邁開了。

三媽：（焦急不安地）可晚上小梅老闆就要來了，你——

△　檢場，下。

梁老闆：（對次子）連英，你研究研究在水裡打是個什麼身段？！

次子：是！爹。

三媽：（暴怒地，對眾人大喊）不成！梁家班往後別唱戲了！

二媽：（提高音量地）三媽！不能老守著舊東西、大包袱！

△　眾人沉默，停頓。

次子：（對眾人）大夥到後面練功去！

△　次子領眾人，下。

梁老闆：（對三媽、二媽）妳們倆別爭了！改不改良，我當家拿主意！

△　檢場，上，遞毛巾、小茶壺給梁老闆。

△　三媽與二媽兩人愈吵愈兇。

三媽：（堅持地，對梁老闆）這不是你的個性！京派一向瞧不起海派[27]——

二媽：（刻意地對三媽說）唉！京戲到今天就敗在舊的出不去、新的進不來！

27　即北京與上海兩地的流派，北京與上海在各方面常互較短長，傳統戲曲的各劇種也不例外。

三媽：（對二媽）京戲本來就是場隨人移，景隨口出——

二媽：（好言相勸地）搬點西方文明的舞台技術放進京戲舞台上，只有好，不會壞。

三媽：（駁斥二媽）二大媽！妳到底懂什麼！？（嚴厲斥責）別這麼瞎整京戲。

二媽：（不悅地）哎！奇怪了，咱們倆伺候老爺子，從來就是井水不犯河水，我出點主意也都是為了梁家班的營生，妳生妳的孩子去，挑什麼刺兒！？

梁老闆：（制止二人）行了！鬧夠了沒？（不好意思地，指李師傅）這屋子裡還有人（李師傅尷尬地迴避），妳們倆要鬧，回屋裡關著門鬧！

三媽：（大怒，斥責二媽）孫翠英，妳憑什麼本事改京戲！

梁老闆：（安撫三媽）孩子快生了，別動氣！

三媽：（對二媽）也不掂掂自己是什麼來路！？

梁老闆：（大聲制止三媽）不提這個！

二媽：（不甘勢弱地）好哩！一壺水燒開了，看是誰掀開了蓋兒！？（趾高氣昂地）妳問我的來路，姑奶奶我來路不明，妳猜我打哪兒來！？

梁老闆：（對三媽）別掀！別掀！

三媽：（氣哭，大聲斥罵）妳不過就是個妓女嘛！

梁老闆：（氣急地，對三媽）元梅！別說了！

三媽：（指著二媽罵）京戲不管怎麼改都輪不到一個妓女出主意！

二媽：（拉高嗓門）是啊！姑奶奶我當初包場子捧角兒[28]大把大把鈔票砸進梁家班，八抬大轎扛進了梁家門兒，跟大夥同甘共苦！妳才進門不到一年就想篡位。

三媽：婊子無情！

二媽：戲子無義！妳算個什麼角兒啊！？

梁老闆：（大聲斥喝）哎！別吵了！妳們這一罵把大夥全罵了！（李師傅尷尬、欲下，梁老闆轉身對李師傅說）李師傅您不算，您是局外人。（安撫三媽）好了！妳們倆各讓一步——

△　次子，上。

次子：（面色凝重地）爹，跟您說句話！

梁老闆：說吧！什麼事！？

次子：（哀傷地）小梅老闆今天晚上肯定不能來了。

梁老闆：什麼事？！

三媽：（著急地）怎麼不能來了！？

次子：剛才電台廣播說，一架打上海飛青島的飛機撞上嶗山，小梅老闆趕巧搭上這班飛機了！

28　指喜愛某位名演員，將該演員演出的場次包下，提升該角的人氣。

△　三媽暈眩。二媽、梁老闆、眾人向前攙扶。

眾人：三媽！

△　燈光暗。

△　白紗幕降，投影字幕：

「中場休息」

△　大幕落。

——中場休息——

S7

《梁家班》第四場——慶壽

情境：

風屏劇團繼續彩排《梁家班》，進度是第四場，慶壽。

場景：

（1）雪山景。

（2）魯青茶園後台。

角色：

（1）解放軍十二名。

（2）梁老闆（耀光飾）、趙掌櫃（剛德飾）、趙夫人（珍艾飾）、檢場（倫天飾）、葉師傅（豪國飾）、長女（淳詩飾）、包頭（峰逸飾）、徒弟（昂栢飾）、次媳（佑珊飾）、次子（豪陸飾）、次女（琳宇飾）、二媽（音麗飾）、三媽（文藝飾）、參子（詠浩飾）、參媳（愛智飾）、李師傅（修國飾）、徒弟乙、丙、丁、戊（煒日、羽伯、珊悅、揚德分飾）。

△　大幕啟。

△　本段落呈現《梁家班》的連英（次子）在戲班子解散後，參加樣板戲的演出畫面。

△　白紗幕投影字幕：

「智取威虎山　急速出兵」

△　急速出兵之音樂。

△　白紗幕，升。

△　雪片特效。

△　解放軍們在大雪紛飛中滑雪、攀岩、攻頂（設計動作）。

△　燈光急暗。

△　白紗幕，降。投影字幕：

「《梁家班》　第肆場　慶壽」。

△　場景轉為魯青茶園後台。

△　文武場（結束）之高潮樂。

△　參媳與次媳佈置壽桌。梁老闆坐在舞台一側椅子上。三媽抱著嬰兒。趙掌櫃，上。

△　次女、包頭、參媳、次子、次媳、參子、檢場、徒弟們，陸續上場，忙進忙出地整理衣物、什箱。

趙掌櫃：（對眾人）**辛苦、辛苦了！**（走至梁老闆面前）**梁老闆？！跟您商量下一檔，年底封箱之前，您看能貼出幾台戲！？**

三媽：（對趙掌櫃）掌櫃的，我跟您研究、研究！

△　三媽將嬰兒交給參媳。檢場捧著一盤橘子，上。

檢場：（大聲地）壽果到！！天地同壽吉利果，日月齊光萬古長。

眾人：大吉大利！大吉大利！

△　參媳抱著嬰兒，下。

趙掌櫃：哎！三媽，我建議武打戲多一點。

三媽：武戲！你看《楊門女將[29]》怎麼樣？！

趙掌櫃：好！有文有武。吉祥戲呢？

三媽：吉祥戲——《龍鳳呈祥[30]》，如何！？

趙掌櫃：真夠吉祥！有龍有鳳！那折子戲？

△　二媽，上。次媳，下。

三媽：我想想這麼著，開鑼——ㄚ頭的《廉錦楓[31]》，中

---

29 宋朝仁宗年間，西夏王舉兵侵犯宋朝邊境。鎮守邊關的宋朝元帥楊宗保率兵抗敵，中暗箭陣亡。噩耗傳來，舉家悲痛，朝廷震驚，欲割地求和。佘太君抑制悲痛、率孀居的兒媳、孫媳和重孫文廣，慷慨激昂地駁斥了朝廷主和派的謬論。佘太君凜然掛帥，率領楊門女將奔赴邊關，抗敵救國，一舉殲滅了西夏兵將。

30 取材於三國志。劉備佔據荊州不還，孫權與周瑜設美人計，假稱將妹妹尚香嫁與劉備，誆劉備至東吳據為人質。被諸葛亮識破，派趙雲保劉備前往，借助國老喬玄說服吳國太，在甘露寺相親，弄假成真。劉備成親後，沉醉東吳，不思回轉。趙雲用諸葛亮錦囊妙計，詐稱曹操襲荊州，劉備攜尚香逃離東吳。周瑜率兵追至長江邊，諸葛亮接應，張飛敗周瑜。

31 取材於清代李汝珍警世小說《鏡花緣》，一名《君子國》。故事發生的背景在唐朝的君子國，事母至孝的廉錦楓因其母患病思食海參，遂練就一身水性，潛海尋參，恰逢漁翁吳士公張網之，後縛於船頭。幸遇飄洋遠遊至此的唐敖、林之洋、多九公三人為其贖身。出於答謝，廉錦楓入海取海參和珍珠相贈。

軸——連英的《定軍山[32]》，大軸——老爺子帶著咱們大夥反串全本《法門寺[33]》，這戲碼該夠硬的吧！？

趙掌櫃：（笑，對三媽）真是夠硬的！好啊！梁老闆，到時候您受累了！

△　趙夫人，上，趙掌櫃向前迎接。

趙掌櫃：各位，財神爺來了！

趙夫人：（不悅地）什麼財神爺！我命苦噢！我是過路財神，給你們梁家班發包銀來囉！

趙掌櫃：（低聲對趙夫人說）梁老闆今天五十大壽！

趙夫人：（對趙掌櫃使眼色）我知道！現在先不說。（對二媽，一

---

32 事見《三國演義》第七十、七十一回，情節不盡同，一名《取東川》，又名《一戰成功》。三國時，蜀魏用兵。蜀軍老將黃忠、嚴顏與魏將張郃交戰，黃忠雖年邁但本領高強，張不敵，敗走定軍山。定軍山守將夏侯淵驃悍勇猛，威鎮中原。蜀軍師孔明在派將時故意以年老為由，輕視黃忠，黃忠中孔明激將之計，毅然請纓攻打定軍山。兩軍會陣，各擒對方一將，雙方約定走馬換俘。換俘時，黃忠箭射魏將後，又用拖刀計斬夏侯淵。

33 明代的民間傳奇。傅朋偶遇孫玉姣，二人一見傾心。傅朋故意遺玉鐲，擬訂終身。事被劉媒婆撞見，從孫玉姣手中得繡鞋一隻，欲代為撮合。劉媒婆之子劉彪賺得繡鞋，訛詐傅朋，被劉公道趕走。劉彪對此懷恨在心。深夜，劉彪帶醉摸到孫家，誤將孫玉姣的舅父母殺死，並將一顆人頭拋往劉公道後院。人頭被雇工宋興兒發現，劉公道恐招禍，便將宋興兒與人頭同填枯井之中，殺人滅口。次日孫母報官。孫玉姣供出傅朋遺鐲之事，傅朋被屈打成招。劉公道為逃脫罪責，誣告宋興兒竊物潛逃。宋家父女當堂辯白無效，宋巧姣終被收監。獄中，宋巧姣與孫玉姣言及案情，斷定真凶應是劉彪無疑。願代傅、孫二人具狀鳴冤。傅朋深感其德，遂以另一玉鐲相贈，並囑家人代償劉家銀兩。權閹劉瑾往法門寺降香。宋巧姣以探親為由，雇劉媒婆作伴。路上，劉媒婆吐露劉彪賺鞋經過。宋巧姣遂往法門寺控告。劉瑾命縣官捕捉劉彪、劉公道、劉媒婆等，一場血案真相大白。傅朋與孫玉姣、宋巧姣結為夫婦。

板一眼地）二大媽，票房您對過帳了，扣除前場人事管銷、後台水電油燈，三下五除二，就這麼多。（將裝錢的紙袋交給二媽）您點點數兒，離開我眼前短你一毛錢，我可不認帳！

二媽：這錢真不容易賺哪！

△　二媽轉身至一旁點錢。

趙夫人：（氣憤地，數落二媽）妳說吧！這算哪一檔事兒？！你們說今天傍晚小梅老闆會來看戲，戲都散了，連個屁影子也沒瞧見。開演前魯青茶園門口看板早寫了幾個斗大的字——「歡迎四小名旦小梅蘭芳李世芳[34]老闆蒞臨指導」。我差點沒讓那幾個戲迷好生揍一頓。

趙掌櫃：（插話，胡亂搭腔）可惜啊！——（趙夫人質疑地看著他，急忙改口，同趙夫人出氣）可缺德啊！

趙夫人：缺德呀！（對二媽抱怨）還有一位濟南來的老戲迷在我臉上吐口水——

趙掌櫃：（胡亂答腔）好！——（改口，同趙夫人出氣）好髒呀！

趙夫人：我這小臉蛋都洗了八回，他那口水的臭味還沒退！

34　幼入富連成科班，專工青衣、花旦，受教於尚小雲、蕭長華、魏蓮芳等名師。因嗓音明亮甜潤，扮相雍容華貴，未出科即以「小梅蘭芳」享名。1936年正式拜梅蘭芳為師，出科後即以梅派傳人組班演唱，與張君秋、毛世來、宋德珠並列「四小名旦」。

趙掌櫃： 那妳就再洗嘛！（勸阻趙夫人）這事別說了！

趙夫人：（駁斥趙掌櫃）什麼別說了？總有人給我個交代呀！（對二媽）小梅老闆為啥沒來？後台總得有人來通知我一聲嘛！

二媽：（壓抑悲傷地說著）小梅老闆搭的那班飛機撞上嶗山，墜機了。

△ 眾人靜默。

趙夫人：（震驚地，問二媽）哎喲！他多大年紀？

二媽： 二十六歲！

趙夫人： 一個人一個命啊！

趙掌櫃：（小心翼翼地勸阻趙夫人）這事別提了！

△ 檢場，上。

檢場：（端著一盤蘋果）福如東海千歲果，壽比南山松柏青。

眾人：（強顏歡笑地）松柏長青——松柏長青——

△ 眾人靜默，只有趙夫人一人仍拉高嗓門說話。

趙夫人： 幸虧你們梁家班沒有一個紅人——

趙掌櫃：（低聲地勸阻趙夫人）好了！別說了！

趙夫人：（無視眾人哀默，仍拉高嗓門說著）我是說——幸虧你們梁家班沒有一個紅人，要不也得坐著飛機京、津、滬三大碼頭趕場登台唱戲，說不準哪天就栽一傢伙！那就乖乖隆叮咚囉！

趙掌櫃：（生氣地嚇阻趙夫人）行了！今天是梁老闆五十大壽！說什麼墜機！？

趙夫人：我是說——

趙掌櫃：（急忙搶話、對眾人解釋）我老婆是說⋯⋯她愛看戲，愛看《霸王墜機》！（自覺說錯，自掌嘴巴）不是！是《霸王別姬》！！

趙夫人：（拉高嗓門，對趙掌櫃）我是說，你以後別坐飛機了。唉唷！好嚇人唷！

趙掌櫃：（示意趙夫人該離開了）別說了！走了⋯⋯

△　趙掌櫃與趙夫人，下。檢場拿著一盤花生和一盤紅蛋自另一角，上。

檢場：北斗長生福壽果，南山紅玉富貴花。

眾人：（應和聲）富貴花開。

△　梁老闆始終一臉愁容、不發一語，看著大夥兒忙進忙出地。

梁老闆：（唱，《空城計》）我正在城樓，觀山景。耳聽得城外，亂紛紛。

△　梁老闆，往外走去。

二媽：（對梁老闆）還上哪兒去呀！？一會兒孩子們給您拜壽。

梁老闆：出去透透氣！

△　次媳哭哭啼啼地，上。次子在其後叫罵著，上。

次子： 有本事妳就走啊！走出這個大門，沒人攔著妳！

三媽：（對次子，安撫地）小倆口鬧什麼彆扭！？

次子： 三媽！（指次媳）她把我一條褲頭洗丟了。剛才我跟她悄悄地說——今天我一整天沒穿褲頭，她劈頭就怨我這、怨我那個，妳說氣不氣人？

△ 參媳抱嬰兒，上。

次媳：（委屈地哭訴著）他老嫌我做什麼事都有頭沒尾、做一件忘一件，我能不怨嗎！？硬說昨天半夜把我挖起來要我洗褲頭，昨兒我累得像頭狗攤在床上，我根本不記得下過床。

次子：（氣憤地，對次媳）妳不記得還敢說——

三媽：（制止次子）這麼件小事，犯的著在大庭廣眾之下搬出來鬧嘛！？

△ 葉師傅引徒弟、長女，上。

葉師傅： 梁老闆！大妞跟小猴兒回來了！

二媽：（急切地）大妞、小猴兒，快進來！（看著梁老闆的臉色）老爺子！

梁老闆：（面色凝重地，對次子）連英！拿家法！

次子： 是！

△ 次子，下。

二媽：（安撫梁老闆）別動氣！我來處理！

△　嬰兒哭聲。

長女：（求情）二大媽！小猴兒打算帶我到天津搭班，他是一番好意，班子裡少兩付碗筷，多少能減輕點負擔！

二媽：（故作教訓徒弟狀給梁老闆看）小猴兒！你是師傅帶大的手把徒弟，虧你有這份孝心，班子裡也不缺兩付碗筷。

△　次子拿家法、長凳，上。

梁老闆：（手拿家法，憤怒地）還不說實話！

△　徒弟立刻下跪認錯。

徒弟：師傅，都是我的錯！

△　梁老闆欲處罰徒弟，長女哭求梁老闆。

長女：爹！是我！是我央求小猴兒帶我走的，女兒無知犯了班規，沒法兒在班子裡躲躲藏藏過日子。（跪下）爹！您就當沒我這個女兒吧！（磕頭）您打我！您打死我！您打死我吧——

二媽：（納悶地）你們到底犯了什麼錯！？

長女：二大媽，我懷了小猴兒的娃兒！

△　眾人震驚，場上一片靜默。

二媽：（焦躁地，對參媳）別讓孩子哭行不行！？

△　參媳抱著嬰兒，下。

梁老闆：（痛心地、冷冷地說）無恥！像話嗎？白唱戲了！戲台上唱的全是忠孝節義，看看這戲台下，你們演的是什麼戲！？（命令地）小猴兒趴下！（徒弟趴在長凳上）你憑什麼帶她走！

△　梁老闆用家法狠狠地抽打徒弟。

徒弟：（忍著痛）師傅打得好。

梁老闆：你憑什麼養她（再抽打）？

徒弟：（忍著痛）師傅打得好。

梁老闆：你翅膀硬了（又抽打）？當初是怎麼跟我約定的？（不停地抽打他）你什麼身份什麼資格！！

眾人：（勸阻）爹——

△　次女哭喊，請求二媽幫忙求情。

長女：爹！二大媽……

二媽：（大聲嚇阻）好了！夠了！什麼身份什麼資格，虧你說得出口、打得下手！？（示意次子扶起徒弟）連英——

△　次子欲向前扶起徒弟，被梁老闆制止。

梁老闆：（丟下戒尺，對徒弟）小猴兒！你滾，離開梁家班！

二媽：（情急地，幫徒弟說情）徒弟跟師姐談戀愛犯了哪條王法！？

梁老闆：當初小猴兒跟我約法三章——

二媽：（搶話）憲法都能修，家法不能改？（再次示意次子扶起徒弟）連英——

△　次子、參子向前將徒弟扶起。

二媽：（對長女）大妞！妳爹不認這門親，我認！

梁老闆：（憤怒地）她肚子裡的孩子我可不認！

二媽：（提高嗓門、堅定地說）我認！懷了孩子就等著生，生下來妳爹不認，我就是這孩子的親娘！

△　李師傅扛著兩大戲箱，上，扛到舞台中央擱置。

三媽：（向前迎接）喲！李師傅來送賀禮啦！

二媽：（熱切地）李師傅，一會兒留下來吃壽麵吧！？

△　檢場端著一盤壽麵，上。

檢場：福壽春秋千萬千，松柏歲月八百八。

眾人：（應和）八百八年，福壽綿延——

△　梁老闆仍板著臉，坐在一角，不發一語。

李師傅：二大媽，你們什麼時候上路？

二媽：明兒一早，往沙子口。

李師傅：戲班子要唱戲，沒有戲服、行頭總不行。

二媽：（看著李師傅放在地上的兩大箱）這是什麼？

李師傅：我去當鋪把戲服贖回來了。

二媽：（感動地）你去當鋪把戲服贖回來了？

李師傅：（笑）梁家班跑碼頭，賺的是辛苦錢，上台就要穿得漂漂亮亮的，以後有錢再還，再請我喝酒！

眾人：謝謝李師傅——

二媽：（對梁老闆）老爺子，您看李師傅真是古道熱腸又重情義！

梁老闆：（面色凝重地，起身）李師傅！這些年多虧您關照了。

△　梁老闆率眾人對李師傅鞠躬致謝。

李師傅：沒幫上什麼忙！慚愧！梁家班好就好！（對二媽低語，示意她清點戲服、行頭）二大媽，請妳清點數量！

二媽：（推辭）別費心！不點！不點！謝謝你！

△　次子、參子在舞台一角攙扶著徒弟。三媽示意長女進去拿藥給徒弟擦拭。

梁老闆：（對眾人）你們大夥兒都聽著！

二媽：（對梁老闆）好了！老爺子，別說了。（對眾人）給老爺子拜壽了！

梁老闆：（不理會二媽，示意眾人聽示）聽好了！聽好了！（眾人靜默，梁老闆語重心長地說著）我想做個了斷——梁家班的人跟著我這麼多年，都辛苦了。就當我累了吧！梁家班今天唱完《打漁殺家》，到此為止！

二媽：（急忙走向前安撫梁老闆）老爺子！

梁老闆：（堅定地）我必須立刻了結這檔事——

二媽：（故作輕鬆地，對梁老闆）您沒頭沒腦的說些什麼東西！？

梁老闆：（大聲地宣布）怪我沒本事，我決定——解散梁家班！

眾人：（錯愕）爹！老爺子！梁老闆！

梁老闆：二大媽！正好把所有捆包、裝箱的家當清算、清算！能分的全分完，能送的找人送。可千萬別短了誰的！虧欠了誰！？

三媽：（悲痛地，拉梁老闆的手）喜奎！（哭泣）您突然做了這個決定，這話從何說起？！

葉師傅：（哽咽地）梁老闆，打小我娘就把我賣給了梁家班，總圖著這日子能好過些，您把戲班子散了，這教我們往後怎麼討生活！？

梁老闆：（無力地）我即便是有心也無能為力了。

△　二媽求情李師傅替大夥兒向梁老闆求情。

李師傅：（哽咽地）梁老闆！你不能散了戲班子！（對眾人）你們這群孩子怎麼啦！？都跪下……跪下……

△　眾人，跪下。

徒弟：師父！小猴不走了！小猴就算死也要死在梁家班。

△　檢場端著一盤壽桃，上。

檢場：（誤會眾人正在給梁老闆拜壽）哎喲！現在要給老爺子拜壽了！？（亦跪下）鮮桃獻壽千千歲，孝敬感恩萬萬年！

△　眾人沉默。

梁老闆：（踩著沉重的步伐往外走）散了，散了吧！

△　梁老闆，下。

孩子們：（哭喊）爹！

△　燈光漸暗。

S8

父親（Ⅲ）——樣板戲

情境：

風屏劇團彩排中斷，修國想起他曾與佑珊、琳宇分別都說過對父親的記憶。隨著修國與孫婆婆的陳述，舞台上呈現出往事的場景畫面。

場景：

（1）風屏劇團的舞台上。

（2）中華商場修國家。

（3）樣板戲時空。

角色：

（1）劉佑珊、李修國
（2）李父、孫婆婆（七十二歲，音麗飾）、青年修國（峰逸飾）。
（3）楊子榮（豪陸飾）。

△　場上仍保留著S7的魯青茶園後台景。

△　現代音樂。

△　中華商場修國家門片景，上。

△　小投影幕，降。投影畫面：製鞋的一雙手。

△　燈漸亮，修國已在場上。佑珊拉開木門，入。

佑珊：（焦慮地）修國！你有沒有心理準備！？我下午去醫院檢查，醫生說，我懷孕了。

修國：（驚訝地說不出話來，試著開玩笑安撫焦慮的佑珊）我承認！這件事是我幹的。

佑珊：（焦慮貌）我什麼都不會，我很焦慮，我已經意識到我愈來愈不快樂——

修國：（打斷，安撫地）不！不要這樣講。這很容易想清楚。為什麼？（太過興奮，開始胡言亂語）因為妳爸媽把妳生下來，所以妳站在這邊；我爸媽把我生下來，所以我站在這邊。

佑珊：（疑惑地）你說的這是什麼話？

修國：（焦躁而緊張地）這是一句屁話！老婆，我要說的是妳肚子有了小孩，這是我們的生命，這是一種傳承嘛！對不對！？（牽著佑珊的手）像我們現在彩排《梁家班》，我在戲裡面，我在戲外面，我一直回到我的過去，我回想起我父親，我一直想到我父親做戲鞋的那一雙手——

△　修國擁抱著佑珊，思緒轉移至中華商場的老家。

△　燈光轉換；魯青茶園後台佈景，升。場景轉為（2）中華商場修國家。

△　火車軌道聲。

△　青年修國扶著孫婆婆自外上，開木門，入。

孫婆婆：（對青年修國，稱讚地）修國，你演電視短劇，好看、好笑，我每個禮拜天晚上八點都會準時收看。

青年修國：那上禮拜《綜藝一百[35]》妳一定看了！我演一個總經理——（在孫婆婆面前扮演）「大家好！我是李修國，（作修皮鞋狀）修理皮鞋的修」——（笑）耍寶的。

△　二人對視而笑。

△　修國轉飾李父。孫婆婆和李父，相對而坐。

孫婆婆：（對李父）李老闆，我在香港有一個老姊妹，給我捎封信呀！（青年修國為二人倒茶）她在信上寫得清清楚楚！（愈講愈悲傷地）梁喜奎梁老闆跟他的小女兒丫頭，離開梁家班以後，日子過得苦，回到萊陽怎麼也沒找著大娘跟連玉他們，一年後，父女倆給活活餓死了！（從皮包拿出一封信，交給青年修國）你看信上寫的——

佑珊：修國，你還在想什麼？！

35　台灣知名電視綜藝節目，自1979年至1984年，每週日晚上播出一百分鐘，共播出268集。

△　台上的修國仍沉溺在自己的思緒當中。

李父：（對青年修國）把信拿給我看看！

青年修國：（從信封裡抽出一張衛生紙，低聲問李父）爸！這是什麼信？！一個字都沒有！？

李父：（接過青年修國手上的衛生紙）我看看！哎呀！二大媽，妳拿錯了，這是衛生紙。

△　李父將衛生紙拿給青年修國，青年修國再轉交給孫婆婆。

△　琳宇，自一角，上。

孫婆婆：怎麼會是衛生紙！？（笑）真的是衛生紙！大概是把那封信放在家裡，（自嘲地笑著）現在記性不行了！李老闆，把梁家班的故事寫成劇本的事兒，你跟兒子說過了吧！？

李父：（笑）說哩！他不寫，他說梁家班的故事不好笑！不寫！

△　青年修國在一旁尷尬地笑著。

孫婆婆：要好笑很容易嘛！可笑過之後得留下些什麼不是！想起來就難過——（感慨地）一大家子人，全沒了，當初活著，吵的吵、爭的爭。（悲從中來，低泣）到頭來就剩下我一個人。

△　孫婆婆低頭哭泣，拿衛生紙擦鼻涕。

李父：（哽咽地）好了，二大媽！妳不要哭了。

△ 李父不忍見孫婆婆傷心，起身別過頭去，掩面低泣著。佑珊在一角，不解地看著修國。

△ 孫婆婆將擦過鼻涕的衛生紙丟在地上。

△ 舞台上，時空轉至琳宇與修國對話的當下。

琳宇： 我喜歡聽你說你父親和那些往事。

李修國：（感慨地）當初我沒有學做戲鞋，沒有去學唱戲，可是我今天還站在這裡，都是我父親給我的影響。

△ 佑珊走出木門，在門外望向內室。稍頃，李父和青年修國，一同將木門關上。佑珊，下。

△ 舞台一角時空轉換──《智取威虎山》戲裡的楊子榮裝扮成打獵人，手執馬鞭自一角，上。

△ 琳宇仍站在一角，靜靜地聽著修國說故事。楊子榮作〈打虎上山〉裡騎馬馴馬之身段。

孫婆婆： 李老闆！這事兒我還沒跟你說！我香港的老姊妹還說，她聽說連英後來在那兒唱樣板戲，唱的是《智取威虎山》，成了大紅人了。（引以為傲地）我們梁家，總算是出了個角兒！（苦笑）我看我這輩子，沒機會再見到他了（哭泣）！

李父：（哽咽地）不要哭了，二大媽！（對青年修國）修國！拿張衛生紙給二大媽！

△ 青年修國拾起地上的衛生紙給孫婆婆。另一時空，楊子榮，下。

孫婆婆：哎喲！這張用過了！？上頭還有鼻涕呢！

李父：（責罵青年修國）進你娘的！不會拿新的！？

△ 檢場人自外，上，遞上一包衛生紙給青年修國。青年修國抽一張衛生紙給孫婆婆。

青年修國：（故作輕鬆地，企圖以搞笑來化解孫婆婆的哀傷）孫婆婆！妳聽我爸爸罵人多好聽！？（模仿李父）我進你娘的！（笑）

△ 三人笑成一團。

李父：（開玩笑地）進你娘的！好了，二大媽，不哭了、不哭了！（走至二媽旁）妳聽我說這話對不對？（感慨地）「從前的人不知道以後會發生什麼事情，現在的人不知道將來要發生什麼事情，現在的人回頭看看從前就能看見將來！」

△ 停頓片刻。

二媽：（滿臉狐疑地）你說什麼呀！？

李父：我再說一遍好哩——

△ 燈光漸暗。

△ 小投影字幕：

「1983年　春天　中華商場　修國家」

△ 二胡琴音揚起。

S9

《梁家班》第五場——家當

情境：

風屏劇團繼續彩排《梁家班》，進度是第五場，家當。

場景：

（1）魯青茶園戲台。
（2）雪山、內室（背景為雪山景，舞台右側一角為內室）。

角色：

（1）梁老闆（耀光飾）、次女（琳宇飾）、次子（豪陸飾）、檢場人（煒日、珊悅飾）、二媽（音麗飾）、次媳（佑珊飾）、三媽（文藝飾）、李師傅（修國飾）。
（2）參謀長（剛德飾）、楊子榮（豪陸飾）、解放軍哨兵二人（羽伯、揚德飾）。

△　場景（1）魯青茶園戲台。白紗幕，下。投影字幕：
「《梁家班》　第伍場　家當」

△　燈光漸亮。梁老闆與次女已在戲台上。

次女：爹！還記得我六歲的時候，您教我唱的第一齣戲？

梁老闆：也是我爹教我唱的第一齣戲，《三娘教子》的〈薛倚哥[36]〉。

次女：（唱）「有薛倚，在學中啊，懶把書唸」。

△　沉默。

次女：（哽咽地）爹！您不能說散就散！

△　白紗幕投影：穿插童年的娃娃生（彩照）。

梁老闆：（感慨地）這些年戲班子裡，人進人出、來來往往，發生了多少事情，我始終沒法子處理戲台下的糾紛、混亂、感情、財務。在戲台上我愈來愈不明白，我為什麼要畫上一張張的臉，唱那麼多齣戲！每齣戲裡演的都不是我！

次女：（哭泣地）爹！您在戲台上唱戲，丫頭從小看到大，丫頭盼望能跟您同台公演，哪怕是討不到戲迷一聲好！？只要能在戲台上，站在您的跟前，看著您的神采、扮像，丫頭都覺得那是我的福份。您

36　京戲名。敘述明代儒生薛廣往鎮江經商，家中有妻張氏，妾劉氏、王氏。劉氏有一子，乳名倚哥。劉氏、張氏不耐飢寒先後改嫁，三娘王氏以織布為業，與老僕薛保扶養倚哥。倚哥在學堂被同學譏嘲，氣憤回家，不認三娘為母，三娘一氣剪斷織布，以示決絕。

的活兒丫頭才開始學呢！您就撒手不顧了嗎？

△ 次女倚著梁老闆的臂膀哭泣。

△ 檢場人，上，搬動一桌兩椅自舞台左側至舞台右側。

△ 白紗幕，升。

梁老闆： 離開了戲台，卸了妝——我就像是一個沒有靈魂的軀殼一樣，任誰跟我說話，我都聽不見。

△ 燈光變化。次子，上。

次子：（苦求梁老闆）爹！您絕對不能走，戲班子少不了您！

梁老闆：（無力地，坐下）留下來只會讓問題更複雜，永遠沒法解決！

次子： 日子能夠糊里糊塗地過也就過了。

次女：（跪在梁老闆跟前）爹！是我們讓您失望了嗎！？

梁老闆：（安撫）不是你們的錯！（氣憤地）是這個時代！我常在想，梁家班在這種亂世，究竟在幹什麼！？（無奈地）你爹我已經束手無策了！京戲再怎麼改良，我已經無能為力了，我沒勁兒，拉不動！

次子：

（同時）爹——

次女：

△ 二媽、次媳，上。

二媽：（不悅地，在大家面前攤牌）老爺子，咱們把話說清楚，如果散了梁家班是為了兒媳婦梅芳，這檔事要化倒還容易！

次子：（急忙上前制止）二大媽！您就別再捅一刀子了。

次媳：（默默地哭泣著）連英心裡有數！如果爹堅持散了戲班子，這罪過我承擔不起！

次子：（心痛、逃避地）這事兒我不願意揭開。

二媽：（對次子）早先你知道了，就該制止！這會兒揭開，為時不晚——

次女：（苦求）大夥兒別說了，行不行！？

次子：（無奈、怯懦地）揭開了能解決什麼事！？爹跟梅芳他們倆情相悅，我這做兒子的能說什麼？！跟梅芳吵？跟爹鬧！？媳婦偷公公、公公愛媳婦，我這個二百五夾在中間，就算知道了也得裝糊塗。（央求二媽）二大媽！大家夥別張揚不行嗎！？

二媽：（堅持地）這是道德情操的問題！？

次子：（激動地）我是當事人，我都不吭氣！您還說什麼？這種事又不是只有梁家班會發生，人走到哪兒不是都一樣！？

二媽：（斥責地，對次子）你怎麼那麼——

次子：（接話）笨。（無助地哭泣著）好，我是笨，我是笨⋯⋯

我就算盡點孝道。

二媽：（痛心地斥責）你這是愚孝！

次子：我就是怕爹撐不住、受不了！他要是垮了！梁家班就是個空殼子！

二媽：（故作堅強地）連英！我這不是正在解決問題嗎！？

次子：（苦笑，逃避地）為什麼有問題發生一定要解決！？不解決問題也是一種解決的方法不是嗎！？

△　次子苦笑，下。

二媽：（氣憤地，對梁老闆）你這個兒子，跟你一個個性——只會逃避問題！

次女：（苦苦哀求）二大媽！不能再說了！

二媽：（示意次媳親自詢問梁老闆，生氣、大聲地叫喊）梅芳！

次媳：（哭泣地，對梁老闆）爹！如果我離開梁家班，您是不是就不解散了？

梁老闆：（逃避地）你們讓我躲遠一點！就算救了我吧！

△　梁老闆向門外走去，被二媽攔下。

二媽：（態度堅定地，對梁老闆）你現在有三條路可以選擇——第一，繼續扛下這個爛攤子，直到梁家班被淘汰為止；第二，留在梁家班，啥事別管，我當家；第三，有骨氣你就走！

△　停頓片刻。

梁老闆： 我打定主意，我要去找大娘他們！

二媽：（震驚地）你瘋啦！？

梁老闆： 是！我是瘋了，這個社會總要有人瘋！我要是不瘋的話，這個社會就瘋了！

二媽：（焦急地）大娘在哪兒誰知道？

梁老闆： 劉隊長那個人還不錯！上回在隊上問完話之後，他私底下告訴我，大娘和梁連玉他們母子倆，可能都回了萊陽老家去了！

二媽：（不敢置信地）老天爺啊！您就算到了萊陽，見著他們母子倆又能怎麼樣呢？！（激動地，責問梁老闆）眼前的這一大家子，您忍心說放手就放手？！連英說得對！不解決問題也是一種解決的方法，不是嗎？

△ 音樂揚。

△ 次媳，下。

△ 燈光轉換，場景轉換為（2）雪山、內室。

△ 時空轉至梁家班解散後，次子（連英）參加樣板戲的演出。

△ 參謀長（剛德飾）與楊子榮（豪陸飾），上，二人在內室桌前商議；戶外一角，有解放軍哨兵兩人站崗。

楊子榮：（胸有成竹地）參謀長！這個任務就交給我吧！

參謀長：好！子榮同志！你改扮土匪、打進威虎山，有把握嗎！？

楊子榮：有把握！我有三個有利的條件——

參謀長：第一？

楊子榮：我裝扮成胡彪！胡彪這個人現在在我們手裡！座山雕沒見過他，不會露出破綻！

參謀長：第二呢？

楊子榮：我把軍事情報帶給座山雕作為晉見禮物，必然取得信任！第三個條件最重要——

參謀長：就是中國人民解放軍對黨、對毛主席的——

楊子榮：

（同聲說）赤膽忠心！

參謀長：

楊子榮：參謀長！您是瞭解我的啊！

參謀長：子榮同志！這個任務不比往常啊！

楊子榮：參謀長！（唱，西皮原版）共產黨員時刻聽從黨召喚，專揀重擔挑在肩。一心要砸碎千年鐵鎖鍊，為人民開出那萬代幸福泉。明知征途有艱險，愈是艱險愈向前。任憑風雲多變幻，革命的智慧能勝天。立下愚公移山志，能破萬重困難關。一顆紅心似火焰，化作利劍斬兇頑。

參謀長：好！

△　燈暗。

△　場景轉換回（1）魯青茶園戲台。

△　燈亮，場上已有梁老闆、次女、二媽。

次女：爹！ㄚ頭跟您去！

梁老闆：我就是一個人去！

次女：（哭泣，苦求梁老闆）大娘是我的親娘，我也想她。您要去找他們，這一路上ㄚ頭陪著您，咱父女倆彼此都有個照應！

△　三媽帶著彩鞋，上。

三媽：（對梁老闆）喜奎！小梅老闆這雙彩鞋還是物歸原主吧！？

二媽：（明白梁老闆心意已決，整個人像失了魂地癱軟在椅子上，說）老爺子已經吃了秤鉈鐵了心了！

梁老闆：（對三媽）這雙彩鞋你留著吧！

△　李師傅，上。

李師傅：（欲說服梁老闆）梁老闆，我是局外人，我說句公道話——梁家班沒有你是不行的。

梁老闆：我對整個環境絕望了。我已經無能為力，整個局勢——

李師傅：（打斷，苦勸）局勢不是永遠像現在這個樣子。

梁老闆：我得換個環境。

李師傅：你換到哪兒還不是都一樣嗎！？你要去做，才能改善環境！

二媽：（故作堅強地）李師傅！您別操心！他走了有我，梁家班有我扛著！讓他去吧！

三媽：（淚眼汪汪地）喜奎！你不打算帶點家當走！？

△　次媳帶著一雙戲靴，上。

梁老闆：ㄚ頭陪我走！家當嘛！（拿次媳手上的戲靴）我就帶著這一件。

李師傅：（哽咽地）你們上哪兒去！？

次女：（回李師傅）回萊陽找我大娘跟我大哥。

梁老闆：好歹也要見上大娘他們一面！

△　梁老闆將戲靴交給次女。

李師傅：梁老闆……你多保重……

梁老闆：李師傅！往後這一大家子您多關照了……

△　梁老闆對李師傅鞠躬致意，李師傅亦回敬禮。

李師傅：梁老闆，我不行……

梁老闆：說不定咱倆哪年再見面的時候，那可真是——（山東話）老鄉見老鄉，兩眼淚汪汪！

李師傅：（哭泣地）淚汪汪⋯

△　李師傅與梁老闆擁抱。

李師傅：梁老闆，你保重啊！

△　稍頃，梁老闆牽著次女往外走，二人回頭看李師傅，李師傅站在舞台一角送別，三人呈靜止不動狀。

△　瞬間，燈光變化；梁老闆、次女與李師傅三人間出現一道條光。

△　燈光暗。

△　〈薛倚哥〉清唱揚起。

S10

風屏劇團 II——解散公演

情境：

《梁家班》的彩排在混亂中勉強完成。但因劇團內部的人事問題重重，明天的公演仍潛藏著諸多隱憂。

場景：

魯青茶園戲台／空舞台。

角色：

黃琳宇、李修國、全體演員。

△　燈光漸亮，場景與條光自上一場延續至本場，修國與琳宇站在條光中。

琳宇：我喜歡——看你在舞台上演戲的樣子！

修國：其實在舞台上發生的一切事情都不真實。

琳宇：什麼才是真實！？

修國：離開這個舞台，當我們不演戲的時候。

琳宇：（愈講愈傷感地）這是我第一次參加風屏劇團的演出，我一直很喜歡排戲的這段日子。還有，聽你講你父親，和那些好動人的往事……

△　燈光轉換，魯青茶園戲台景片亮起。

修國：回去吧！明天《梁家班》就要首演了，趕快回家吧。

琳宇：（哭泣，焦慮貌）修國！我其實很害怕面對明天的首演！一場一場的演出，總有落幕的時候。

修國：我聽我老婆說，你們家要移民？

琳宇：（突兀而直接地）我聽你老婆說，你們的感情有問題？！

△　停頓。

修國：（尷尬地，笑，否認）沒有……沒有！（開始胡言亂語）不是感情的問題！我跟我老婆的問題是沒有感情……（發現自己說錯話，慌亂地）我老婆怎麼會跟你說我們的感情……（拉回正題，問琳宇）妳要移民？！

琳宇：（點頭、哭泣）是，演完《梁家班》，去加拿大。（停頓）從此以後，我再也看不見——你！

修國：（一愣，尷尬地）妳講話很曖昧！（轉移話題）妳知不知道我老婆已經懷孕了！？

△　二人相視而笑，掩飾尷尬。

琳宇：你以為我心理在想什麼？你以為我在跟你表白嗎（笑）！？我真的很難過，我害怕失去……不是！（真情流露地）我是說，我走了以後，還能不能再看見——你。你還會不會想念——我？

修國：（故作輕鬆地）妳就是暗戀我嘛！

琳宇：（愈哭愈傷心）你……你的肩膀可不可以讓我靠一下？一下下就好了！

△　修國左右張望，確定沒有人在舞台上。

修國：（走近琳宇旁）應……應該沒有問題！

△　琳宇緊緊地擁抱修國。

修國：（安慰琳宇）不要難過！

琳宇：有沒有人可以讓這一秒鐘停住？請你不要介意，我只是擔心之前所發生的一切事情，都會突然消失。告訴我，我永遠不會忘記在這裡所發生的一切。

修國：（依言安慰琳宇）你永遠不會忘記在這裡所發生的一切！

琳宇：抱我！（抓著修國的手環抱住自己的腰）抱緊我！

△　佑珊自一角，上，見狀，不敢置信。

佑珊：（大聲地）修國……

△　修國驚嚇，放開琳宇，看著佑珊，啞口無言。

修國：（慌亂之下，錯指琳宇）她……懷孕了！！

琳宇：（驚慌地，急忙否認）我……（故作咳嗽狀）感冒了！！

修國：（慌亂地）她……感冒、流鼻涕。（對佑珊）老婆，妳不要誤會。

△　魯青茶園戲台佈景，升起，場景轉為空舞台。

△　琳宇，下。

△　部分演員各自提著私人物品穿場，上。另一角，亦有其他演員穿場，眾人七嘴八舌、嬉鬧、閒談，上。豪國、剛德討論方法演技；淳詩拿著戒尺鬧打昂栢。

△　稍頃，眾人，下，場上只有修國和佑珊。

△　文藝，匆匆忙忙地自一角，上。倫天，自另一角，上。

文藝：（急躁地）修國！希望不會影響你的情緒，但是我的個性實在憋不住——

修國：（對佑珊）老婆，妳等一下。（走向文藝旁）什麼事！？

文藝：（快速而急躁地說）我確定《梁家班》這齣戲是我的告別演出，演完這齣戲以後，我不會再回風屏！你放心！我答應演出我一定會演完！這次回來，我以為劇團的人事結構會不一樣，一切都會更有紀律與效率。可是我發現，完全沒有變、沒有任何改變。修國，我不能說我受不了，我只能說——我……（拉高嗓門說）受不了了。

修國：（受文藝的情緒影響，焦躁地加快說話速度）三媽，妳應該在首演之後再告訴我這些。妳現在跟我說這些，會增加我的焦慮。

倫天：（打斷修國與文藝）團長！我演完這齣戲，我也要離開！

修國：（疑惑地）你要去哪裡？

倫天：我要回南部找工作。

修國：你也可以在台北找工作！

倫天：（哀怨地）台北的工作都不是人做的！

文藝：（自顧自地對修國說）我只在乎我來劇團快不快樂、開不開心！？當然有一段時間很開心，一小段時間——

△　珍艾拉著愛智，一角，上。

珍艾：（打斷文藝）團長，小愛有話要跟你說！

修國：（對珍艾）妳等一下！（急躁地）倫天，你叫大家集合！明天首演有問題！叫大家統統集合。

珍艾：團長！小愛有話跟你說。

△　倫天，下。

愛智：（畏畏縮縮地，對修國）我爸爸終於發現我參加風屏劇團的演出！

修國：很好啊！他怎麼說？！

愛智：我爸爸反對我演戲。

修國：（突然暴怒地）當初——（試圖緩和情緒，溫和地說，但仍無法控制慌亂的情緒）當初妳……加入風屏，我說如果妳爸爸反對就不要加入！我有沒有說！

愛智：有……有！

修國：（氣到結結巴巴地說著）當初……（指珍艾）她帶妳來的時候，說……妳很有潛力，說……一個新秀要介紹給我，然後……我audition的時候就說，父母如果反對，就不要加入風屏！我有沒有講？

愛智：有……有！

珍艾：團長，可是他爸爸氣到快崩潰了！

愛智：那天譚大姐到我家，看到我爸爸在罵我！

珍艾：呃……（對修國）她爸爸這樣罵她喔——

△　珍艾模擬其父，作開啤酒瓶、咕嚕咕嚕喝下啤酒狀。

愛智：（解釋）我爸爸愛喝啤酒！

珍艾：（模擬其父，責罵愛智狀，閩南語）你大哥作醫生、二哥做律師，我期待妳好好讀書，大學畢業後去做老師，妳竟然偷偷跑去演戲，妳給我死出去。（模擬其父將啤酒瓶丟向愛智）咻！（作啤酒瓶打到愛智的頭狀）

摳！我真倒楣，生一個女兒，跑去作戲子！

愛智：（哭泣，撿起地上酒瓶狀，對模擬父親的珍艾）爸！我又沒有去做什麼壞事，我只是去幫忙！

珍艾：（模擬其父，責罵愛智，閩南語）妳再說就給我死出去！（踹愛智一腳）幹！

△　愛智摔倒在地，哭泣。

珍艾：（恢復現實狀態，對修國）你看，她爸爸就是這樣子罵她。

愛智：（從地上爬起，恢復現實，對珍艾說）謝謝！

珍艾：不客氣。

愛智：（對修國）我爸爸說，民以食為天，百善孝為先！我覺得我不能參加演出……

修國：（責罵愛智）妳跟我老婆說妳要刪掉餵奶的戲，我已經刪了。（暴怒地）妳現在跟我說妳不能參加演出……現在才講……然後，（指文藝）剛剛有人說要告別舞台……

△　文藝裝傻，珍艾向前詢問文藝，修國繼續責罵愛智。

佑珊：（情緒化地）修國，不要演了！（質疑地）梁家班的故事跟這個時代有什麼關係！？（忿忿地）我們這些演戲的人都沒有得到一點啟示，我們還在台上演什麼戲！？

修國：（對佑珊）妳太焦慮了！妳是因為懷孕有壓力。（對眾人）各位！你們都不知道我老婆懷孕了吧！我們大家應該跟她說恭喜——

△ 修國率眾人向佑珊說恭喜。眾人拍手，對佑珊說恭喜。

佑珊：（語氣堅定地說）我現在宣告，取消《梁家班》演出！風屏劇團正式解散！

△ 眾人靜默。停頓片刻。

修國：（愣住，走向佑珊）妳在講什麼？

佑珊：（對修國，堅定地）我說——解散！

△ 音樂揚，眾人呈靜止不動狀。

△ 燈光暗、亮，三回——每次燈光亮，陸續增加演員於舞台上，呈靜止不動狀。

△ 最後一次燈亮——梳妝鏡框，降下，所有演員集合在舞台上，靜止不動。

△ 稍頃，音麗、耀光，笑鬧，上。

音麗：放心啦，後台不會——（見眾人在舞台上，驚嚇狀）有人！！

△ 眾人靜默。

耀光：（愣住，對修國）學長，發生什麼事？

修國：沒事！

耀光：（困惑地）沒事？！

修國：有事……

耀光： 我就說有事吧！

修國：（難過地，對眾人說）大家能夠聚在一起共事就是一種緣份！演完戲以後，每個人都有自己的路要走！明天的《梁家班》首演就當作我們這一生當中最美好的回憶！也算是風屏劇團的（哽咽地）解散演出。

剛德： 團長，不要這樣嘛！

文藝： 我剛剛說要退出是情緒話……

△ 眾人七嘴八舌，紛紛苦勸修國。

愛智： 餵奶就餵奶嘛！

△ 眾人靜默，修國語重心長地對眾人述說著。

修國： 我很謝謝大家！能在最後一鼓作氣把《梁家班》演完！其實，我對於梁家班的故事背後有很深厚的感情。這其中，我有兩個遺憾，第一個是對我父親，當初如果我聽他的話去劇校學唱戲，今天我就不會站在這裡做風屏劇團。第二個遺憾是——梁老闆說要改良京戲，在劇本裡他並沒有實現，他希望一群漁民在河面划船、兩幫人在水裡打，創造出打漁殺家的高潮戲、大場面！

豪陸：（提議）修國！把這場戲加進去！我們可以做做看！

昂栢：（鬥志高昂地）我們就來排這場戲！我帶大家練功！

△　眾人聽完修國一番話，燃起無限的鬥志，紛紛提出自己的意見，七嘴八舌地。

倫天：（大聲，宣示般地）**風屏劇團沒有什麼做不到的事情！這叫做絕處逢生！我們可以創造奇蹟！**

△　京戲鬧場樂。

△　燈光漸暗。

△　白紗幕，降。

S11

《打漁殺家》

情境：

風屏劇團《梁家班》首演之夜。風屏劇團昨夜達成共識，決定在梁家班的故事中，增加一場戲中戲《打漁殺家》的高潮戲。

場景：

（1）蕭恩家。

（2）河上。

（3）丁員外家。

（4）河中。

角色：

蕭恩（豪陸飾）、蕭桂英（琳宇飾）、眾漁民（剛德、峰逸、倫天、豪國、文藝、淳詩、詠浩、愛智、羽伯飾）、丁員外（耀光飾）、大教頭（昂栢飾）、大烏龜（倫天飾）、武行甲、乙、丙、丁、戊（煒日、珊悅、揚德、修國、佑珊飾）。

△　高潮音樂。

蕭恩：（唱）（OS）**好賊子！惱恨那呂子秋，為官不正——**

△　白紗幕投影字幕：

「首演日」

「風屏劇團　演出《梁家班》」

「風屏劇團　昨夜達成共識　決定在梁家班的故事中」

「增加一場戲中戲　《打漁殺家》　高潮戲」

△　燈光亮。

△　蕭恩宅門前，蕭恩父女帶刀，上。

△　白紗幕，升。

桂英：（叫頭[37]）**爹爹啊！有道是白晝殺人人不容，黑夜殺人天不容。爹爹你你你就忍耐了吧！**

蕭恩：為父早已打定主意，要往賊府殺了賊子，方消我心頭之恨。

桂英：啊！爹爹，女兒也要跟隨前去。

蕭恩：女孩兒家，去之無益。

桂英：爹爹殺人，女兒站在一旁，壯壯膽量也是好呀。

蕭恩：好。帶兒前去也就是了！（牽著桂英）**走。**

桂英：（指門戶）**爹爹，這門戶呢！？**

蕭恩：這門戶麼？關也罷，不關也罷。

桂英：（哭）**喂呀——**

37　劇中人物情緒激動時的呼號，控訴。

蕭恩： 兒啊！不要啼哭！到了賊府，我叫妳罵妳就罵！叫妳殺妳就殺不要害怕！為父在此！（對後台方向）眾位鄉親！

△ 眾漁民自一角上，全體亮相。

漁民們： 有！

蕭恩：（對眾漁民）我與桂英要前往賊府，殺了賊的滿門，眾鄉親可願一同前往！？

漁民們：（身段）老英雄，我等願與您二人一同前往！

蕭恩：（身段）好！你我大家一同前往！

漁民們：（應和）啊！

△ 文武場音樂揚。

△ 眾漁民隨父女二人行走，下。

△ 燈光、場景轉換為場景（2）河上。

△ 稍頃，眾漁民隨蕭恩父女二人，上，手拿船槳。

△ 音樂乍停。

蕭恩： 眾位鄉親！夜晚行船，比不得白晝，爾等要掌穩了舵！

漁民們：（應和）啊！

△ 文武場音樂揚，蕭恩父女與漁民們在湍急的河面上行船。

△ 稍頃，眾人停船，作上岸身段。眾人，下。

△ 燈光轉換，蕭恩與桂英，帶刀，上。

蕭恩：（對後台）眾鄉親！在此處上岸，還要在此處上船，記下了。

漁民們：（齊聲，自後台傳來）記下了。

蕭恩：（拉著桂英）兒啊！隨我來！

△　文武場音樂揚。

△　燈光暗。白紗幕，降。

△　白紗幕投影字幕：

「孫婆婆（二大媽）　出現在觀眾席中」

△　觀眾席前緣某位置，燈亮。此意象欲表達二大媽坐在觀眾席中。

△　舞台上燈亮——場景是丁員外家。

△　場上僅有蕭恩父女。

△　白紗幕，升。

蕭恩：裡面有人嘛！？滾出一個來！

△　大教頭，手部受傷包紮著，上。

大教頭：（邊走出大門邊說）誰這麼說話啊！我要真滾了出來不就成了小皮球！（見站在門外的蕭恩父女）哎喲！二大爺，你怎麼打到家門口來了？

蕭恩：我過府賠罪來了。

大教頭：喲！陪罪！諒你也不敢不來。

蕭恩：（打大教頭）哼！

大教頭：有請員外爺！

△　丁員外，手執羽扇，上。

丁員外：何事？

大教頭：蕭恩過府賠罪。

△　武行乙（珊悅飾）、戊（佑珊飾）、丁（修國飾），上。

丁員外：膽大蕭恩，為何將我家教頭打得這般光景？

蕭恩：（責問）我來問你，這魚稅銀子，可有聖上旨意！？

丁員外：無有。

蕭恩：戶部公文？

丁員外：也無有。

蕭恩：憑著何來？

丁員外：本縣太爺當堂所斷！

蕭恩：敢是那呂子秋？

大教頭：（指正蕭恩）呔，要叫太爺。

蕭恩：（打大教頭）我打你這小皮球！（對桂英）兒啊！殺。

桂英：是。

△　蕭恩、桂英殺死丁員外，丁員外，下。

△　蕭恩與大教頭、桂英與武行乙、戊、丁，雙方開打。

△　武行丁自顧自地在一旁耍花槍。

大教頭：（對武行丁）耍得挺好的！換你上！

武行丁：（欲逃跑，丟下花槍，閩南語）拍謝，拎伯下班了！

△　武行丁，下。

△　大教頭與蕭恩過招，桂英與武行乙對打，武行戊悶頭猛刺大教頭。

大教頭：（對武行戊）**住手，我們穿一樣的，你幹什麼打我！**

武行戊：**我⋯⋯緊張嘛！**

大教頭：（見武行乙拿花槍猛垂地）**那邊還有一個更緊張的！**（對武行乙）**小兄弟！**（武行乙抬起大教頭，把人往後拋）**你丟我幹什麼？**

武行乙：（笑）**我興奮！**

大教頭：**什麼毛病！**（對眾人發號）**給我打！**

△　大教頭與蕭恩打鬥，蕭桂英與武行乙、戊打鬥。

△　稍頃，蕭桂英、武行乙、戊，下。

△　眾漁民、武行甲（煒日飾）、蕭桂英，上，打鬥。

大教頭：**下水！**

蕭恩：**追！**

△　燈光暗——場景轉換，河面轉水中。（舞台上佈滿水草、煙霧瀰漫。）

△　白紗幕，降。

△　燈亮，眾漁民、蕭恩、大教頭、武行甲（煒日飾）、乙（珊悅飾）、丙（揚德飾）、丁（羽伯飾），在河裡對打。

△　一漁民與一武行從半空中游過（吊鋼絲）。

△　烏龜（倫天飾），上。

△　惡霸遭眾人殺死。

△　音樂達到最高潮。

△　燈暗。

△　白紗幕投影字幕：

「梁家班　首演之夜　圓滿落幕」

尾聲

幕落

情境：

風屏劇團首演《梁家班》散戲後，孫婆婆步上舞台找修國。

場景：

空舞台／中華商場修國家。

角色：

李修國、劉佑珊、孫婆婆、樊耀光、檢場人（煒日、羽伯、珊悅、揚德飾）。

△　空舞台。

△　燈光漸亮。修國與佑珊已在台上。

佑珊：修國！我準備把孩子好好生下來。（哽咽地）因為我太愛你了，你一直把所有的心思放在風屏劇團，不過，我相信我將來把孩子生下來，我可以把我對你的愛，轉移到孩子身上，而且，我希望孩子將來長得像你。

△　孫婆婆帶著彩鞋，上。

孫婆婆：修國！修國！

修國：（驚訝地）孫婆婆，妳怎麼會來？

孫婆婆：來看戲唄！修國！（感慨地）我真是對不起你爸爸——

△　沉默。

孫婆婆：（將彩鞋交給修國）你看看這包袱裡頭是什麼呀！？

修國：是什麼？

孫婆婆：是小梅老闆那雙彩鞋，那年說要拿給你爸爸，我老忘！沒能親手交給他，現在好了，就交給你了！你幫他好好收著，最好能傳給你兒子，再留他個五十年。（環視舞台）梁老闆在嗎？

修國：（對佑珊）去找耀光來！

佑珊：（驚訝地問）她是？噢！她就是？

修國：是，她就是。

△　佑珊，下。

孫婆婆：修國，那年我問你寫不寫梁家班，你說不寫！——你把我寫得有點壞！我的身份，你不要寫真的嘛！

修國：孫婆婆！那些只是戲，舞台上妳看到的都是戲——

△　佑珊與耀光，上。

耀光：（對修國）學長！你找我？

修國：耀光！（飾李師傅）梁老闆，二大媽來了！

耀光：（驚訝地看著孫婆婆）二大媽？

孫婆婆：（激動地）梁老闆！？老爺子！

耀光：二大媽！

△　孫婆婆急忙奔向耀光。

孫婆婆：（直盯著耀光，遊戲性地說起了台詞）梁老闆，你現在有三條路可以選擇——第一、繼續扛下這個爛攤子，直到梁家班被淘汰為止；第二、留在梁家班，啥事別管，我當家；第三、有骨氣你就走！

耀光：（飾梁老闆）我拿定主意——

修國：（示意耀光別說原台詞）耀光！

耀光：（飾梁老闆，堅定地）留在梁家班，（拍胸脯）還是我當家！

△　孫婆婆走向耀光，抱著耀光低泣，痛哭失聲。

△　中華商場修國家門片景（門片呈現開啟狀），上，耀光、孫婆婆二人正好從門縫中露出。

△　燈光轉換。白紗幕，降。

△　修國佇立於一角。

佑珊：修國！修國！你有沒有聽見我跟你說的話嗎？

修國：其實我還有一個遺憾，一直沒說。

佑珊：什麼！？

修國：我一直希望《梁家班》首演的時候，孫婆婆會坐在台下看戲。（哽咽地）可是，自從一九八三年三月，在我父親過世前兩個月，孫婆婆在我家說了梁家班的那些往事，自從那一天之後，（哭泣地）我再也沒見過孫婆婆了。

△　檢場人，上。將修國手上的彩鞋取走，下。另一檢場人，上，將修國家木門拉上。

佑珊：（哭泣）我昨天說的是氣話，你不會真的解散風屏劇團吧！？

△　〈薛倚哥〉清唱揚起。

△　修國緩緩地走向佑珊，擁抱著佑珊。

△　燈光變化，木門窗格呈現梁老闆與二大媽擁抱的剪影。

△　燈光漸暗。

△　白紗幕投影字幕：

「風屏劇團　完結篇」

△　白紗幕投影照片數張：正在做戲鞋的李玉修先生，投影字幕：

「李慎恩師傅 長子　李玉修先生　李國修之長兄」

△　白紗幕投影照片：舊日中華商場（黑白照片）。

△　疊映投影字幕：

「1992年10月20日　中華商場　拆除」

——全劇終——

附錄

關於李國修

生平與創作

李國修集劇團創辦人與經營者、劇作家、導演、演員於一身，第一屆國家文化藝術基金會文藝獎戲劇類得主及多項戲劇獲獎紀錄。迄今原創編導三十齣叫好又叫座的大型舞台劇。而個人演出超過百種角色，舞台表演逾千場，是當代華人劇壇深具成就的全方位戲劇藝術家。

祖籍山東萊陽的李國修，1955年生於台北市中華路鐵道旁違章建築，成長於西門町的中華商場，畢業於世界新專廣播電視科。1980年加入「蘭陵劇坊」受到吳靜吉博士的啟發，獲得劇場養分，並因參與電視節目《綜藝100》短劇演出，在1982年獲「第十七屆金鐘獎最具潛力戲劇演員獎」，進而成為家喻戶曉的喜劇演員。1986年成立「屏風表演班」，一路堅持原創，搬演台灣這片土地上的生命故事，使屏風成為華人地區重要的演出團隊。

李國修認為劇作家是靠著生命、情感和記憶來創作。因此，他身為外省第二代、以戰後兩岸分隔的歷史事實，為父執輩編導出關於老兵對家鄉思念的故事《西出陽關》，並以劇中「老齊」一角，被媒體評譽為「最接近卓別林高度的演出」。

引發台灣劇評讚譽最多的《京戲啟示錄》，是李國修為自己做京戲戲鞋的父親而寫。李父家訓「人，一輩子能做好一件事情，就功德圓滿了。」更成為李國修的座右銘。戲劇專家評譽「李國修以個人生命經驗，觸動集體記憶之海」、「《京戲啟示錄》可說是有如神助，場面調度在這齣戲裡靈活到了極點」、「它亦喜亦悲，悲喜交迸，充盈著時代風雨與人生際遇，蘊蓄著歷史厚度與生活實感」；「《京戲啟示錄》最明顯的符號就是戲鞋和中華商場，這對新一代的我們來說，已經成為一種文化遺產」等。此劇啟發無數觀眾對人生追求的意義，成為華人劇壇的榮耀之作。

李國修從尋根到定根，繼而為母親創作《女兒紅》，表達對母親的追憶，也是他對個人的生命旅程與家族歷史，做的一場最深沉告白。影評人聞天祥稱李國修是用舞台說故事的大師，能把家庭點滴化為時代縮影，跨越了性別的侷限，展現炫目的時空魔法以及永不嫌多的情感與寬容。李國修也為兒子創作魔術奇幻劇《鬆緊地帶》、為女兒創作《六義幫》等。

李國修並不是一個有特定風格、特定形式的編劇，他喜歡用不同的體裁、不同的形式來創作，每個作品都以不同的主題進行探索。如他創作的「風屏三部曲」系列《半里長城》、《莎姆雷特》、《京戲啟示錄》，藉戲中戲的形式，探究劇場與人生之間的微妙關係。國際作家陳玉慧分析，李國修擅長解構主義，能將台灣社會現象及小市民心理，處理成悲喜交加的戲劇文本，也是台灣劇場創作者中最精闢於解構之道的人。

李國修也針對時事，以戲劇角度反映社會現象，如《救國株式會社》、《三人行不行I~V》城市喜劇系列。而對現代男女複雜的情愛關係，他也提出獨特的戲劇手法予以詮釋，台灣戲劇學者于善祿稱譽李國修的《婚外信行為》比英國劇作家哈洛品特（Harold Pinter，1930-2008）的《情人》還要深沉，藝術技巧更高超。

為向莎士比亞致敬，李國修將經典悲劇《哈姆雷特》改編成爆笑喜劇《莎姆雷特》。台灣莎士比亞學權威彭鏡禧教授評譽：「李國修用他縝密的頭腦，幾乎是以數學概念在精算《莎姆雷特》每個場次的角色上下進出，將一齣大悲劇顛覆成喜劇，這當中的編劇技巧相當高超。」而改編自陳玉慧原著小說的《徵婚啟事》，探討都會女性的婚姻態度，也挖掘現代男人的寂寞，李國修更在台上一人分飾二十個應徵男子，挑戰表演的極限；此外，李國修也以眷村故事探討庶民記憶，改編原著張大春小說的《我妹妹》，並入選為中國時報年度十大表演藝術。

李國修認為，在這無限想像的劇場黑盒子裡「空間不存在、時間無意義」，他也認為劇場是造夢的場域，因而在許多作品裡，李國修讓觀眾對舞台空間有嶄新的視覺體驗。1994年《西出陽關》舞台上呈現磅礴大雨的視覺特效；2002年《北極之光》的雪地極光幻化場面；2003年《女兒紅》百位演員同台、爆破場面震撼人心；2005年《好色奇男子》三千顆燈泡，營造萬點星光搖曳生輝的壯闊場景；2008年《六義幫》全劇超過五十個場次、一百一十五個角色，全場不暗燈，舞台呈現電影蒙太奇般的場景流動。

此外，李國修的戲劇文本繁複巧妙，不但角色人物面貌多端，而情節內容更是幾條主線同時進行，最後在重疊相交時，戲劇張力便達到不可預期之最高潮。所以，李國修獨特的舞台劇風格，總能在觀眾笑聲中抓緊時代脈搏，在娛樂中顯現省思的功能。

李國修對劇場的熱情不僅止於反應在屏風表演班的作品上，他對於提攜演員，更是不遺餘力。其中表現傑出的有：郭子乾（第卅八屆金鐘獎最佳主持人）、曾國城（第四十一屆金鐘獎最佳主持人）、楊麗音（第四十一屆金鐘獎最佳女主角）、林美秀（第四十六屆金鐘獎迷你劇集最佳女主角）、樊光耀（第四十屆金鐘獎單元劇最佳男主角）、萬芳（第卅九屆金鐘獎最佳女主角）、黃嘉千（第四十四屆金鐘獎最佳女配角）等，這不僅使李國修成為金鐘獎頒獎典禮上，最多得獎者感謝的對象外，更讓「屏風表演班」等於「屏風鍍金班」的名號不脛而走。

近年來，李國修致力深耕表演藝術，曾至台北藝術大學、台灣大學、靜宜大學、台南大學開設專業戲劇課程，也受邀至政治大學、中山大學、成功大學、東華大學、海洋大學、世新大學、清雲科技大學等校擔任駐校藝術家，並走訪各地進行超過千場以上的表演藝術講座。

李國修的作品記錄台灣環境的變遷與時代流轉，為這片土地留下了豐富的戲劇人文面貌。他以戲劇表達對生活的態度、生命的情感，亦期待觀賞者能從中獲得自我省思，這即是李國修致力推動的劇場理念 —「看戲修心，演戲修行」。

重要獲獎記錄

1997年，獲頒「第一屆國家文化藝術基金會文藝獎戲劇類」得主。

1997年，以《三人行不行》系列劇本創作獲頒「第三屆巫永福文學獎」。

1999年，由紐約市文化局、林肯中心、美華藝術協會共同頒予「第十九屆亞洲傑出藝人金獎」。

2006年，由台北市文化局頒予「第十屆台北文化獎」。

2011年，以《京戲啟示錄》劇本創作獲頒「第卅四屆吳三連文學獎戲劇劇本類」得主。

2012年，由上海現代戲劇谷「壹戲劇大賞」頒予「戲劇精神傳承獎」。

其他出版作品

2004年，《人生鳥鳥》，台北：未來書城。

2011年，與妻子王月共同出版《119父母》，台北：平安出版社。

屏風表演班
一個台灣的藝術奇蹟

1986年10月6日，當時家喻戶曉的電視喜劇演員李國修，因早年出身劇場仍不忘對舞台的熱愛，藉「一群戲子伶人，無處不劇場，甚以屏風界分為台前台後，都可經由台上的演出，反映台下的生活」為草創理念，成立了屏風表演班。團長李國修將自家位於台北景美十坪地下室的房間作為排練場，在狹小空間裡，演員常常走位時，不小心走上了床，踩上了書桌……

屏風表演班第一個創團作品《1812 & 某種演出》就是在這種拮据的環境下排練出來的。這齣戲在演出結束後，只有七十六個人留下了他們的資料，成為第一批的屏風之友。回首廿餘年漫長的劇場路，屏風之友的人數已逾十五萬人次，觀賞過屏風作品的觀眾，更是已超過一百四十二萬人次。

屏風作品的多元特色

屏風表演班共發表四十回作品，演出類型涵蓋喜劇、悲劇、或融合傳統京劇、流行歌舞、魔術科幻等戲劇形式，呈現多元風貌；關懷層面遍及人際關係、歷史探索、老兵議題、政治情勢、民生現況、家庭情感等生活息息相關的社會議題。

在藝術總監李國修的帶領下，屏風的作品富有嚴謹的結構與解構手法、多重時空的跳躍敘事、演員一人分飾多角表演的豐富性，以及講究多變佈景的舞台美學等，造就屏風作品呈現不同於其他劇團演出形式的最大特色。

此外，屏風表演班並有「系列作品」的創建，其中包括《三人行不行》Ⅰ～Ⅴ城市系列作品；風屏劇團三部曲《半里長城》、《莎姆雷特》、《京戲啟示錄》；以及社會議題系列《民國76備忘錄》、《民國78備忘錄》、《西出陽關》、《救國株式會社》；家變系列《黑夜白賊》、《也無風也無雨》、《我妹妹》；兩性關懷系列：《徵婚啟事》、《未曾相識》、《婚外信行為》、《昨夜星辰》；台灣成長系列《港都又落雨》、《蟬》、《北極之光》、《六義幫》等。

而為長期營運的考量之下，屏風規劃每五年為一期，推出屏風「定目劇」的定期巡演。將屏風歷年叫好叫座的好戲，每隔五年，重新賦予新意，讓未曾看過屏風作品的觀眾感受經典的魅力，也讓看過的朋友再次感動回味。1988年首演的《西出陽關》於1994年重製演出，是屏風表演班第一齣以定目劇形式巡演的經典劇碼。

劇場永續經營的先行者

屏風表演班以建制全職專業劇團為目標，以永續經營為理念，以推廣表演藝術為己任。在藝術總監李國修的堅持下，每年至少推出兩部作品，內容為全新創作或定目劇經典再現。維持團務常態性運作和製作新戲的經費，百分之九十二來自票房收入，其他由文化部、國家文化藝術基金會、各縣市文化局處等的贊助。屏風已是台灣少數能「以戲養戲」自食其力的劇團。

為促進藝術交流多元化，屏風表演班於1996年首創民間劇團主辦演劇祭，連辦五屆（1996~2001年）獨立出資邀請香港進念・二十面體、新加坡必要劇場、日本Pappa TARAHUMARA劇團等抵台演出，同時也提供演出經費給予有潛力的國內表演團體（如：莎士比亞的妹妹們的劇團、台北曲藝團、神色舞形舞團等）。一方面活絡台灣表演藝術環境，另一方面，亦促成對國際藝文交流的貢獻。

除各城市劇場的大型演出之外，屏風也不定期舉辦各種與戲劇相關的活動，致力藝文推廣。2007年開始，以「小戲大作」之概念，將歷年受歡迎的經典小劇場劇碼，推行至各大校園、機關團體與公司行號，在各地常態性巡演。爾後，更精緻化推出「藝饗巴士」專案系列活動，結合演講、表演課程、藝術行銷講座、劇場幕後導覽等戲劇延伸活動，建構大眾與藝術之間的互動橋樑。

屏風出品，台灣驕傲

全球化來臨的時代，屏風堅信「local is global」的概念，以心用情寫台灣這塊土地上的人事景物情，在作品中反應社會現象，掌握城市脈動，以台灣人的觀點與創意來詮釋這個世界，讓屏風的作品更兼具現代與本土兩種特色，成為華人地區重要的演出團隊。

第十七回作品《救國株式會社》受邀前往紐約，屏風於1992年初次踏上世界舞台，在僑界掀起一陣狂瀾；1994年《莎姆雷特》應上海現代人劇社邀請參加「一九九四上海第二屆國際莎劇節」，成為台灣第一個在大陸登台的現代劇團；1995年《半里長城》與洛杉磯華人戲劇社團「伶倫劇坊」合作，這是第一個在台美兩地同步演出的劇目。

1996年《莎姆雷特》受邀至世界五大古蹟劇場之一的加拿大多倫多「安省國家劇院」演出，成為第一個登陸加國的台灣劇團；同年，《半里長城》再受香港市政局主辦之「第十六屆亞洲藝術節」邀請，在香港大會堂演出，亦是台灣第一個受邀的現代戲劇團體；2007年，《莎姆雷特》受邀至大陸，參與「第七屆相約北京」演出，票房一掃而空，並獲演出謝幕時，現場全體觀眾起立鼓掌八分半鐘的成績。

2008年初，屏風應北京國家大劇院「開幕國際演出季」之邀請，再度前往演出《莎姆雷特》，成為該院第一個受邀演出的台灣現代戲劇團體。2010年應上海世博「兩岸城市藝術節－臺北文化周」邀請，以《三人行不行》締造謝幕時全場起立鼓掌長達五分五十八秒記錄，旋即趕赴北京參與「2010京台文化節」巡迴演出。2011年12月，《京戲啟示錄》首度在上海演出，令台下觀眾無一不受其巨大震撼與感動。

2010年11月，屏風表演班改編魯凱族「巴冷傳說」浪漫優美的人蛇戀愛情神話，為「2010臺北國際花卉博覽會定目劇」打造原創魔幻歌舞秀《百合戀》，動員百人，建構台灣第一座升降式水舞台（寬十米、深九米），瞬間轉換地面及湖水場景，不禁令人歎為觀止。《百合戀》連演一百九十六場，創下全台三十萬人次觀賞記錄，成績斐然！

放眼過去，屏風從觀眾席只有一百個座位的小劇場，走上現今的世界舞台，成為台灣當代最具代表性的現代戲劇團體之一，不容忽視的是，屏風作品不僅堅持「台灣製造」，並具有原創性、娛樂性與藝術性，可謂「屏風出品，台灣驕傲」！

時至今日（2013年3月），屏風表演班已陸續完成1,692場次的演出，歷年作品巡迴超過海內外二十二個城市，觀眾人數累積至1,427,782位，這是個驚人的紀錄。在藝文環境未臻成熟的台灣，屏風表演班仍能在作品裡持續展現高度藝術成就與穩定的票房收入，這絕對是一個「台灣的藝術奇蹟」！

李國修戲劇作品集與屏風表演班作品關係表

李國修戲劇作品集出版序號	創作年份	書名/劇名
01	1989	《半里長城》
02	1992	《莎姆雷特》
03	1996	《京戲啟示錄》
04	2003	《女兒紅》
05	1987	《三人行不行Ⅰ》
06	1988	《三人行不行II—城市之慌》
07	1993	《三人行不行III—OH！三岔口》
08	1997	《三人行不行IV—長期玩命》
09	1999	《三人行不行Ⅴ—空城狀態》
10	1987	《婚前信行為》
11	1988	《民國76備忘錄》
12	1988	《西出陽關》
13	1988	《沒有我的戲》
14	1989	《民國78備忘錄》
15	1990	《港都又落雨》
16	1991	《救國株式會社》
17	1991	《鬆緊地帶》
18	1991	《蟬》
19	1993	《徵婚啟事》
20	1994	《太平天國》
21	1997	《未曾相識》
22	1999	《我妹妹》
23	2001	《婚外信行為》
24	2002	《北極之光》
25	2005	《好色奇男子》
26	2005	《昨夜星辰》
27	2008	《六義幫》

英文譯名	屏風表演班演出序號
The Half Mile of The Great Wall	第十一回作品
Shamlet	第廿回作品
Apocalypse of Beijing Opera	第廿五回作品
Wedding Memories	第卅四回作品
Part I of Can Three Make It：Not Only You And Me	第三回作品
Part II of Can Three Make It：City Panic	第九回作品
Part III of Can Three Make It：Oh! Three Diverged Paths	第廿一回作品
Part IV of Can Three Make It：Play Hard	第廿七回作品
Part V of Can Three Make It： Empty City	第廿九回作品
Premarital Trust	第二回作品
Memorandum of 1987, Republic of China	第五回作品
Far Away from Home	第六回作品
A Play Without Me	第七回作品
Memorandum of 1989, Republic of China	第十三回作品
Rainy Days in Port City, Again	第十五回作品 暨高雄分團創團作品
Nation Rescue LTD.	第十七回作品
The Twilight Zone—Back to Tang Dynasty	第十八回作品
Cicada	第十九回作品
The Classified	第廿二回作品
The Kingdom of Paradise	第廿三回作品
Are You The One	第廿六回作品
My Kid Sister	第卅回作品
Extra-Marital Correspondence	第卅一回作品
The Aurora Borealis	第卅三回作品
Legend of a lecher	第卅五回作品
Last Night When The Stars Were Bright	第卅六回作品
Stand by Me	第卅八回作品

文學叢書 701

京戲啟示錄

作　　者　李國修
總 編 輯　初安民
責任編輯　林佳鋒
文字編輯　謝佳純　洪子薇
美術編輯　北士設計
校　　對　黃毓棠　黃致凱

發 行 人　張書銘
出　　版　INK 印刻文學生活雜誌出版股份有限公司
新北市中和區建一路 249 號 8 樓
電話：02-22281626
傳真：02-22281598
e-mail：ink.book@msa.hinet.net
網　　址　舒讀網 http：//www.inksudu.com.tw

法律顧問　巨鼎博達法律事務所
施竣中律師
總 代 理　成陽出版股份有限公司
電話：03-3589000（代表號）
傳真：03-3556521
郵政劃撥　19785090　印刻文學生活雜誌出版股份有限公司
印　　刷　海王印刷事業股份有限公司

港澳總經銷　泛華發行代理有限公司
地　　址　香港新界將軍澳工業邨駿昌街 7 號 2 樓
電　　話　852-27982220
傳　　真　852-27965471
網　　址　www.gccd.com.hk

出版日期　2013 年 5 月 初版
2023 年 3 月 二版一刷
ISBN　978-986-387-645-8
定　價　300 元

國家圖書館出版品預行編目資料

京戲啟示錄／李國修著 --二版,
新北市中和區：INK印刻文學,
2023. 3 面；公分.（文學叢書；701）
ISBN 978-986-387-645-8（平裝）

863.54　　112001854